U0817984

JACK KEROUAC

BIG — SUR

大瑟尔

杰克·凯鲁亚克 著　　刘春芳 译

上海译文出版社

前　言

杰克·凯鲁亚克是马萨诸塞大学洛厄尔分校的橄榄球明星，曾因漂亮的触地得分赢得比赛，引起了哥伦比亚大学橄榄球队的著名教练卢·利特尔的注意，利特尔还承诺为凯鲁亚克提供大学奖学金。

凯鲁亚克出生于普通的工人家庭，父亲是一位印刷工，原为法裔加拿大人。他们一家从洛厄尔搬到晨边高地是具有划时代意义的事件。突然之间全美国的男孩子都立刻对橄榄球失去了兴趣，他们都涌到西区酒吧，面对着那个来自哥伦比亚大学、名叫艾伦·金斯堡的家伙，那家伙从不远的新泽西赶来，跟他在一起的是从圣·路易斯出发途经哈佛来到这里的威廉·巴勒斯。两个人在照片上摆出同样的姿态——正如金斯堡所说，“行动起来！我们就像纪德书里的人物一样，是国际大浪子。”

尼尔·卡萨迪[1]，就是被金斯堡誉为“威风八面，堪称丹佛城的阿多尼斯[2]”的那位极富传奇色彩的司机，跟他的女友一起像风一样来到纽约，突然之间萌发起势不可挡的决心——要全心全意跟阿伦、杰克和比尔[3]学写作，作为回报，他会把他在西部的生活原原本本讲给他们听。这时“垮掉的一代”已经准备就绪，就要踏上声名大噪的征程了。事实上，凯鲁亚克在尼尔刚出现的那几年便创作了《在路上》，可是这本书直到七年后才得以出版。而在这七年里，这本书的作者背着沉重的背包，包里装着厚厚的手稿，成为那个时代真正的文学漂泊者。之后，当《在路上》于一九五七年问世的时候，他便借此声名大振，背包也因此放下，他所有的书稿便开始接二连三地不断问世。

《特丽丝苔莎》或许是凯鲁亚克巧妙地对《你好，忧愁》[④] 表示敬意的作品（这本书曾使弗朗索瓦丝·萨冈一夜间成为明星）。这部小说写的是凯鲁亚克与墨西哥城风尘女子的风流韵事，也是亚文出版社平装图书的首次问世。《科迪的幻象》是对《在路上》中主角人物的又一次尝试，这一次他把杰克和尼尔之间的对话原封不动地置于作品之中（比沃霍尔[⑤]的创作技巧和“口头传记”至少要提前十年左右）。

在《大瑟尔》中，我们看到了令人哀伤却又恢宏壮丽的结局：“垮掉的一代之王”坐在普式火车的卧铺车厢内一次次地游历整个国家，狂热的少男少女紧紧追随他，直到他放弃探索、不再酗酒，把打字机扔在了一边。一九六九年，凯鲁亚克由于长期饮酒导致腹腔突然大出血，随后告别了人世，时年四十七岁。

杰克·凯鲁亚克无论从外形上还是行动上都堪称美国式英雄，在他的十几部著作中，他敢于将自己长久以来敏感而脆弱的神经衰弱的病症贯穿其中。他最出色的作品把法国印象派中令人愉悦的东

---

① Neal Cassady（1926—1968），凯鲁亚克的著名小说《在路上》里的主人翁之一迪安的原型，也是本书中科迪的原型。

② Adonis，希腊神话中爱神阿佛洛狄忒（Aphrodite）所爱的美少年。

③ 三人均为“垮掉的一代”的代表人物。

④ 该书法文名称为 *Bonjour Tristesse*，我国一般译为《你好，忧愁》，而《特丽丝苔莎》的英文名字便是 *Tristessa*。

⑤ Andy Warhol（1928—1987），波普艺术的倡导者和领袖，也是对波普艺术影响最大的艺术家。

西清晰地传递给美国文学界，同时把普鲁斯特那充满忧伤气质与深思情怀的综合句法传递过来。总之，他是位温柔的作家，在他的所有作品中，都找不到一个恶意描写他人的词汇。

阿拉姆·萨洛扬

像普鲁斯特的作品一样，我的书也算是大部头的作品，只是我的回忆不是事后在病床上记录下来的，而是随想随记。由于以前合作过的出版商的反对，我不能在每部作品中使用相同的人名。《在路上》、《地下人》、《达摩流浪者》、《萨克斯博士》、《玛吉·卡西迪》、《特丽丝苔莎》、《孤独天使》、《科迪的幻象》以及其他作品，还包括本书《大瑟尔》都只不过是我整部大部头著作的一些章节。我把这部大书叫做《杜洛兹传奇》。当我年老的时候，我打算集合所有的作品，然后在这部神圣的巨著中插入统一的人名，把这些书塞满我那长长的书架然后快乐地死去。在可怜的蒂·让（我）眼里，或者是大家都知道的杰克·杜洛兹眼里，所有的一切形成了一出巨大的喜剧；从他眼睛的钥匙孔看去，这个世界虽暴虐狂乱、愚蠢荒唐，却也不乏柔情蜜意。

杰克·凯鲁亚克

大瑟尔

一

教堂的钟声在风中回荡，好像在吹奏一曲忧伤的《凯瑟琳》，钟声穿过贫民窟的破街烂巷，我满脸愁苦、心焦气躁地醒来，呻吟不止，因为我刚刚经历了一场宿醉，我使劲呻吟，更因为我把到旧金山的“秘密之旅”计划毁得一塌糊涂，我跟流浪汉们藏在山谷里的时候喝得大醉，然后又行进到北海岸去跟大家见面，可是我和洛伦佐·蒙桑托[1]交换了那些超长的信件，信里都计划好我会怎样悄悄潜入旧金山，我给他打电话时用亚当·尤尔其或者拉拉吉·普尔夫塔夫特（都是作家）之类的名字作暗号，之后他就会开着车把我秘密带到他在大瑟尔树林中的小屋，在那儿我可以一个人待着，砍砍柴、提提水、写点什么，要不就呼呼大睡，或者散散步，总之六个星期都不会有人打扰我。——可是我没去成，反倒是在星期六晚上生意最好的时候醉醺醺地闯进“城市之光”书店，所有人都认出我来（尽管我全副伪装，戴着渔夫帽，穿着渔夫服和防水裤），大家都嚷着说那个酷极了的“垮掉之王”回到城里来请大家喝酒啦，然后大家又乱哄哄地跑到所有有名的酒吧去喝酒——就这么喝了两天，包括星期天本来和洛伦佐说好到我秘密落脚的那个贫民客栈去接我的那一天（霍华德街四号的火星客栈），可是他给我打电话的时候根本没人接，他让客栈的服务员打开房门，只见我躺在外间的地板上，周围全是酒瓶，本·费根四仰八叉躺在那儿，一半身子还在床上，罗伯特·布朗宁[2]，就是那个垮掉派的画家，身子都掉到床外了还鼾声震耳——于是他心想：“我下周再来接他吧，我看他还想在城里喝上一个星期（他老是这么干，我猜）。”于是他就把我撂在那儿，自己开车回到大瑟尔的小屋了，他还觉得他这样做挺对。可是啊，当我醒来的时候，本和布朗宁已经走了，他们把我扔到了床上，我听到《我会再次带你回家，凯瑟琳》的曲子被钟声吹打得那么悲凉，再加上薄雾中冷风的吹送更显得忧伤，风吹过神秘怪异的旧金山屋顶，哇，我走到了路的尽头，可不管怎么使劲身子也动不了，连在树林里找个避风的地方都不行，就让这身子在城市里孤零零地直立一会儿——自打我出版“路上”那本书，就是那本“让我名声大振”的书后，这是我第一次离家（我妈妈家），可事实上这三年来我都快给逼疯了，无穷无尽的电报、电话、请求、信件、来访者、记者，还有没完没了的窥探者（我正打算写小说的时候从我地下室的窗子那儿传来巨大的声音：你忙不忙?），要不就在我穿着睡衣打算把我梦中的情形写下来的时候，记者却跑上楼来直冲到我的卧室——年轻人们得跳过六英尺高的栅栏，那是我为了保护隐私而安装的——好多人拿着酒瓶在我书房的窗子前大声嚷嚷："出来吧，好好喝一顿！您要是光干活不玩的话就变成傻子啦！”——一个女人来敲我的门对我说：“我不是来问你，你是不是杰克·杜洛兹，因为我知道他有胡子，我就想问问你，我到哪能找到杜洛兹，我想请个真正的垮掉派成员来参加我的年度狂欢大会。”——醉醺醺的来访者在我的书房呕吐，还偷走我的书，连铅笔也偷——不请自来的熟人一待就是好几天，因为我妈妈为他们准

① Lorenz Monsanto，原型为劳伦斯费林盖蒂（Lawrence Ferlinghetti）。
② Robert Browning，原型为罗伯特·拉维涅（Robert LaVigne）。

备了干净的床铺，还有可口的食物——而我实际上无时无刻都醉醺醺的，好给自己戴上一顶快活的帽子来适应这一切，可我最后终于意识到，我被重重包围而且势单力孤，所以我得逃离这里，一个人待着，或者死掉算了——于是洛伦佐·蒙桑托给我写信说“到我的小屋来吧，没人能知道你在哪”这样的话时，我便偷偷潜入旧金山，从我的家乡长岛（北港）坐在开往加利福尼亚西风号火车的小包厢里走了三千英里，一路看着美利坚大地在窗外掠过，三年来这是我第一次真正感到开心快活，我在私人包厢里待了三天三夜，喝着速溶咖啡，吃着三明治——一路沿哈德孙河谷而上穿过纽约州，到了芝加哥，后来又是平原、山冈、沙漠，最后是加利福尼亚山脉，跟我以前艰苦不堪的搭便车之旅相比，一切都这么自在，像梦境一样。那时候我还没钱去坐横贯大陆的火车（所有美国的高中生、大学生都觉得“杰克·杜洛兹二十六岁而且每时每刻都在路上搭便车”，可我现在已经四十岁了，厌烦了也疲惫了，就想躺在小包厢的床铺上逍遥地穿过盐地）——可是不管怎么样，可爱的老洛伦佐慷慨地为我的退隐提供了极好的开端，但事情进行得却不那么顺畅。我醉着醒来，难受、厌恶、害怕，事实上我是给吓着了，因为那么忧伤的歌飘过屋顶，中间还夹杂着在下面街角聚集的救世军那令人落泪的哭喊声：“是撒旦让你酒精中毒啊，是撒旦让你堕落放荡，撒旦无处不在，一心要毁掉你，除非你现在就悔过。”而且比这更糟的是，我能听见隔壁房间的老醉鬼呕吐的声音，大厅地板的嘎吱嘎吱响声，还有无处不在的呻吟声——其中有把我吵醒的呻吟声，我自己躺在凹凸不平的床上的呻吟声，我脑子里呼呼作响的声音越来越大也让我呻吟不止，而且还把我像个鬼一样扔到枕头外面去了。

二

我看了看这阴郁凄凉的小房间，我那承载着希望的帆布背包整整齐齐地待在那儿，我细心周到的母亲在里面装上了我林间生活所需的一切必需品，甚至还有最精巧的急救箱、详细的饮食表、针线包（里面装着像超级安全别针、扣子、特制缝衣针、小号铝制剪刀之类的东西）——她甚至还在帽檐上绣上了带给人无限希望的圣克里斯托弗[①]的像章——救生工具都放在最下面，和小型救生衣、手帕和网球鞋（远足时穿的）放在一起——可是帆布背包却神采飞扬地坐在一大堆乱七八糟的空酒瓶子中间，空虚可怜的伙计们喝光了白波特酒、扔了满地白烟头、吸着白粉、心怀恐惧……“得赶快逃，不然就完了!”我意识到，要远离三年来酗酒而绝望的生活，那是身体上、精神上，还有形而上的绝望，不管你在学校读多少关于存在主义或者悲观主义的书，也不管你喝了多少壶致幻死藤水[②]，吃了多少酶斯卡灵[③]，往肚子里填了多少佩奥特[④]，你都不会明白这种绝望——就是那种你带着极度的精神错乱和对从耳朵眼里滴下的怪异死亡的恐惧，醒来时的感觉就像在炎热的乡间，那种特别笨重的蜘蛛在结网，是那种像只弓着背，在滚烫的地下泥流里痛苦呻吟满身泥汤的怪兽一样，拖着又热又长的负担却不知朝向何方的感觉，是那种站在齐脚踝深的煮沸的猪血中的感觉，啊唷，是那种站在巨大的平底锅里，里面盛着齐腰深、看不见一丁点肥皂沫、全是油腻腻的黑色洗碗水的感觉——你在镜子里看到的自己的脸是被无法忍受的痛苦所扭曲的表情，并且由于充满忧愁而形容枯槁，面目可憎，这张脸这么丑陋，这么令人失望，你却不会为它掉一滴泪，那东西已经和原来完美的状态毫无关系，因此跟眼泪什么的也毫无关系了：它就像威廉·巴勒斯的“陌生人”突然出现在你面前的镜子里——“够了！”“得赶快逃，不然就完了！”于是我跳起来，先倒立一会儿，好让血汩汩流进我头发纷乱的脑袋，淋浴后换上新T恤、新袜子、新内衣，精神百倍地收拾东西，拎起帆布包跑出去，把钥匙扔在桌子上，然后一头冲进寒冷的街道，快步走到最新的小杂货铺里买上两天的食物，把食物塞进包里，大步走过充满俄罗斯式忧伤味道的失落街巷。那里流浪汉坐在雾蒙蒙的门口，双手抱膝，将头靠在膝盖上。我得赶紧从这沉寂无聊怪异可怕的城市夜晚逃离，否则就死路一条，于是我走到公共汽车站——过了半个小时我坐到了公共汽车上，写着“蒙特利”的汽车开动了，开过干净明亮的霓虹灯公路。我一路都在睡觉，醒来我吃了一惊，我又闻到了大海的气息，公共汽车司机过来摇晃着我说：“蒙特利号，终点站到了。”——上帝啊，这就是蒙特利，凌晨两点我睡眼蒙眬地站在那儿，恍惚看到有小渔船的桅杆在街道那边漂过。现在要完成这次逃离，我要做的是沿着海岸走十四英里，到了拉顿峡谷大桥然后再徒步前行。

---

① St. Christopher，天主教和东正教信奉的圣人，旅行者的保护神。
② 用南美一种藤本植物的根泡制而成有致幻作用的饮料。
③ 一种致幻剂。
④ 一种致幻剂。

三

“得赶快逃，不然就完了!”于是我花了八块钱坐出租车，车沿着海岸行驶，夜晚雾气很重，不过有时还能看到天上的星星。大海在右边，可是却看不清大海，只好听出租车司机讲讲它的样子——“这周围的村落是什么样的？我从来都没见过。”

“可不，今晚你可看不到——你说的那个拉顿峡谷大桥，晚上在那周围走可得小心点儿。”

“为什么?”

“嗯，就像你说的，得打着灯……”

一点没错，到了拉顿峡谷大桥，司机让我下车，我给他数钱时就感到有什么不对劲了，海浪的阵阵呼啸声却好像不是从正当的地方传来，就好像你想着有东西应该从“那上面”过来，没想到却从“那下面”出现了——我能看到大桥，可却看不到桥底下的东西——桥将沿海大路从一个陡坡引向另一个陡坡，这真是一座漂亮的白色大桥，有白色的栏杆，公路中间还有那条熟悉的白色中线，可是就是有什么不对劲——出租车前灯射向前方，灯光越过几处灌木丛，再往前就空空如也了。那就应该是峡谷吧，尽管能看到脚下满是灰尘的公路，也能看到挂在脚边的泥，可我还是感觉它好像悬在空中似的——“这到底是什么地方?”——我把蒙桑托寄给我的小地图上关于这地方的一切都记下来了，可是在我对回家隐居这件大事的幻想中，我觉得包含着嬉闹的、田园的意味，那么亲切，带给人的快乐也那么质朴，与这里在黑暗天空中弥漫的神秘味道截然不同——出租车开走后我就打开探路灯，小心翼翼地窥视四周，可是光线就像出租车灯一样消失在一片空茫之中。事实上电池也快没电了，我连左边的大坡也看不见——至于大桥我更看不见了，只看到沿桥的灯好像发光的肩扣一样忽明忽暗地一直延伸到远方，与低沉的海啸声融在一起——海啸声真烦人，像狗一样在下面的浓雾中冲着我狂吠不止，有时它向地面呼啸而来，可是上帝呀，地面在哪里呀，海怎么会在地下啊！——“唯一要做的，”我喘息着说，“就是点起灯照亮前面的路，兄弟，跟着灯光走，而且要保证灯光照亮前面的车辙，然后怀着希望祈祷灯亮着的时候，为你照亮的路是正确的。”换句话说假如我把这灯从泥泞的车辙上往上移开一分钟的话，我真的害怕这盏灯也会把我引向歧途——黑暗中的咆哮带来巨大的恐惧感，唯一能让我感觉满意的，是灯光摇摇晃晃地照在左边高耸的山坡上，所以探灯细小的边框形成了巨大的阴影，因为在右边（灌木丛在海风中摇摇摆摆）没有影子，光线无法在灌木丛上停留——于是我开始了跋涉，大包背在后面，埋头紧跟着灯光朝前走，可眼睛却犹疑地往上窥视，就像面前站着个危险的白痴可我又不想招惹他似的——尘土满地的路面有些上坡，然后向右弯曲，之后又有些下坡，突然又上坡，一直上坡——现在海啸声已经远远地落在后面了，我甚至还停下来朝后看了看，什么也没看见——“我把灯关了，想试试能看见什么东西。”我被钉在脚上，而脚被钉在路上——感觉真他妈好啊，我关了灯就什么也看不见了，只能看到脚下模糊的沙地。

我继续跋涉，离海啸声越来越远了，心里也越来越有信心，可是突然我又被路上的一个可怕的东西吓到了，我停下来伸出手，缓缓向前摸索，那不过是一段牲畜专用的铁道交叉口（横穿大路的铁栅栏深埋在土里），可是就在这个时候，左边刮来一阵大风，可那边本来应该是大坡啊！我认出了这条路，却什么也看不清。“到底怎么回来啊！”“沿着路走吧！”一个试图表示出镇静的声音说。于是我安静了一会儿，可是我马上就听到右边响起了咔嗒咔嗒的声音，我用灯照过去，什么也没有，只有干枯而丑陋的灌木丛在风中摇摆，而且这种峡谷高处特有的灌木丛尤其适合响尾蛇安身——（事实上，响尾蛇可不愿意在半夜的时候被一个背包拿着灯的驼背怪物惊醒）。

路又开始下坡了，左边又出现了令我感到安全踏实的大坡，不久根据我对洛瑞[①]给我的地图的记忆，我知道她就在那儿，那条小溪，我听到她在黑暗的底部哗哗作响，至少我会到达平整的地面，迎接从天空的什么地方吹来的呼呼大风——可是我离小溪越近，路的下坡就变得越来越陡，越来越险峻。突然间，我收不住脚朝前小跑起来，水流声越来越大，我真担心自己还没看清小溪的模样就直接掉进去了——小溪就像愤怒泛滥的洪流，一直发出尖利的声音——而且那下面比任何地方都要黑暗！下面有恐怖的沼泽、蕨草、滑溜溜的圆木、苔藓和危险的水坑，还有像从死亡之口散发出来的阴冷潮湿的雾气，危险的巨大古树朝我头顶砸来，刮到了我的背包——传来一阵响声。我知道我下去的时候响声只会越来越响，因为好奇它到底会变得多响，我停下来听了听，那声音好似来自黑暗中狂怒的战场，越发神秘，震耳欲聋地朝我逼近，不知是树木还

① Lorry，作者对洛伦佐的昵称。

是岩石，或者别的什么东西碎裂了，全都变得粉碎，全都面临陷进潮湿黑暗的土地中的危险——我真害怕下坡——我被鞭打着，是斯宾塞[1]那个年代的真正意义上的鞭子，而且鞭子还是湿的——一条粘乎乎的绿龙在灌木丛中狂舞——这是一场愤怒的战争，不允许我在旁边刺探——它在那里已经有一百万年了，不想让我带着它去撞击黑暗——它狂啸着从遍布了整个造物地图的千年裂缝中来，从狰狞盘旋的红杉树根中来——它是雨林中叮当作响的黑暗之声，不想被我这个破街烂巷里的流浪汉带到这糟透了的海边来，海一直在后面等着呢——我几乎能感受到海在使劲拉扯那树林中的狂欢之声，可是我手里有探灯，我要做的就是沿着可爱的沙路走。路面在不断增高，坡面一直倾斜，之后突然变成了平地，看到了搭桥的圆木，桥上还有横栏，往下四英尺就是小溪，你这个清醒过来的流浪汉，过了桥看看对岸有什么。

过桥的时候快速瞅一眼溪水，那小溪刚漫过岩石，只是条小溪而已。

现在出现在我眼前的是一片梦幻般的草地，有漂亮而古老的牲畜圈的大门，还有装着铁丝网的金属栅栏。路就在左边，而这正是我最终的逃离之路。接着我爬过铁丝网，大步走在一条美妙的向右弯曲的小沙路上，路两旁是芳香馥郁的干枯石南花。我觉得自己好像突然间从地狱来到了熟悉而古老的人间天堂，啊呀，感谢上帝（尽管过了一会儿我又开始心惊肉跳，因为我看见在前面白色的沙地上有些黑乎乎的东西，原来是天堂里善良的老骡子的几堆粪便）。

---

① Edmund Spenser（1552—1599），英国诗人。主要作品有《牧人日记》、《仙后》等。

四

到了早晨（我躺在小溪边的白沙上睡醒之后），我真切地看清楚了到底是什么令我在峡谷边上走得胆战心惊——路在海拔一千英尺的陡坡上盘旋，还不时会陡然下降，尤其是那段牲畜穿越的地带，路上升到最高，可那儿峭壁上却有一个大裂缝，从另一头涌进对面大海的浓浓雾气，那个大裂缝本身就够恐怖的了，可这还不够，还有通向大海的大洞——最糟糕的是那座桥！我沿着溪边小路从容地朝大海的方向漫步时，发现这桥就像一条细弱的白线般可怕。它在我行走的树丛上方悬挂着，发出千万次悲鸣。那里无论如何不适合建桥，简直令人无法相信，让你的心狂跳不止、恐慌难耐的是，你要是在这勉强算是路的地方稍稍弯一下腰，咆哮的海浪就会朝你的方向扑来，撞碎在沙地上。那海浪好像比你站的地方还要高，那突然而来的浪潮会把你吓得直往后退，或者吓得你跑回山里去了——还不止这样，猛烈的巨浪后面，那蓝色的大海里尽是些黑色的岩石，像妖魔的城堡一样高高耸立，还滴着潮湿的黏液，那里是上亿年的悲伤，那里是巨大而沉闷的哀号声，底部是溢满泡沫的垂涎的嘴唇——于是你从可爱的树林里走出来，嘴里衔着一根小草，然后让小草落下，看着它灭亡——接着你抬眼看看那不可思议的高高的大桥，感觉到十足的死亡讯息：因为在大桥的下面，就在海边绝壁旁边的沙地上，鼓鼓的，看到它你的心会猛地一沉：十年前从桥上的小路跌下来摔碎的汽车就是从一千英尺的高处坠下，倒着跌下来，如今车还在那儿，能看到生锈的底盘、海水腐蚀过的轮胎、破旧的轮辐、沾满了乱草的车座椅和悲哀的燃油泵，可是却没有人——

突起的岩石随处高耸，里面满是海水的洞穴，海水在岩石里轰隆隆地四处流溢，激起无数泡沫，砰砰砰地撞击在沙滩上，沙滩很快就浸湿了（这里没有马里布冲浪海滩）——可是你转回身，看到令人愉悦的树林沿着溪水蜿蜒向前，就好像一幅佛蒙特州美丽的风景画——你再抬头看看天空，头朝后仰，天啊，你正站在这空中大桥的正下方，细弱的白线穿过一块块岩石，没头没脑的汽车在上面飞速穿行，就像一场梦！穿过一块块岩石！沿途都是暴怒的海岸！因此后来我听到人们说“啊，大瑟尔肯定很美!”时，我痛苦无语，想不通为什么它的美会比它的恐怖更为出名，它那布莱克式粗糙的岩石呻吟出无边的剧痛，艳阳高照的日子，你沿着海岸公路开车时，这长达几英里的狭长风景会在你眼前展开，令你眼界大开，惊骇不已。

五

拉顿峡谷的另一端平平静静的，但却更加可怕，峡谷东端，当地居民养的名叫阿尔夫的骡子，夜间在几棵奇形怪状的树下沉沉地睡了一觉，早晨起来吃了些草然后就慢慢地从草地走到海边，站在海浪旁边的沙地中，就像一尊古代神话中的圣人一样，一动不动——我后来就叫它“圣骡阿尔夫”——令人害怕的是峡谷东端高高耸立的山峦，那些缅甸式的奇怪的山峰一会儿是一层层的平面，一会儿又是郁悒不快的梯台。山顶上则是一片奇怪的水田，像帽子一样扣在那儿。我头一次看见这山的时候，身心健康，可是凝视它时还是感到心情沉重（六周后即九月三号的月圆之夜我要是待在这个峡谷里准会疯掉的）——这山让我想起在纽约反复出现的关于“米恩莫山”噩梦。在梦里，一群飞马在月光下兴致盎然地飞翔，它们环绕着“一千英里高”（梦里就是这么说的）的山峰飞的时候，披肩也飘扬起来。在另外一个时常骚扰我的噩梦中，我在高山之巅看到了一块硕大的石头长椅，上面空无一人，在世界之巅的月光下显得那么宁静。似乎很久以前曾有神仙或巨人什么的占据过，不过又都离开了，于是石椅现在布满了灰尘和蛛网，而且魔鬼就在附近的某个金字塔里面潜伏着。塔里有一个大妖怪，心脏巨大而且跳得怦怦响。可是，更加邪恶阴险的是，有个破衣烂衫、满身烂泥的看门人在微弱的柴火上做饭——山洞又窄又脏，可我想爬过去而且我脖子上还戴着一串西红柿——梦——酒后的噩梦——反复出现的这一系列噩梦都关于那座山，头一眼看去还挺美，可不知怎么翠绿色的雾气把从那个绿色的热带国家，即所谓的“墨西哥”扶摇而出的长满丛林的山峰包裹起来，更远处就是金字塔、干涸的河流，还有其他一些满是敌军步兵的乡村，但最大的危险不过是流氓无赖们星期天出来扔石头——所以一看到那座简朴却又悲伤的山，再加上那座桥，还有那大约翻了两次跟头后砰然跌落在沙土上的汽车，人的肢体骨骼和领带碎片全被掩埋，再也看不见了（就像写一首关于美国的骇人诗歌），啊，峡谷更远处雾气浓重的地方，住在古老而邪恶的空树洞里的猫头鹰发出呜呜的哀号，那里我无论如何也不敢去——米恩莫山脚下那纠结缠绕、无法攀登的悬崖高高耸入笨拙的枯树林中，那里灌木十分茂密，再往上全是石南花，上帝知道那隐蔽的洞穴到底有多深，没人知道我想生活在十世纪的印第安人——当你走在宁静的小路上，那些又大又粘的蕨类植物从陡峭突兀、爬满黑色藤蔓的黑色绝壁旁遭受过闪电击打的松树林中探出头，直伸到你身旁——正如我说的，海洋从比你高的地方朝你扑来，就像古老木刻上的海港总是比城镇高出许多（正如兰波颤抖着身子指出的）——这么多邪恶联合起来，集结在那只蝙蝠身上，而它打算在我躺在洛伦佐小屋门口的帆布小床上睡觉时飞到我这儿来，绕着我脑袋转圈有时飞得特别低，让我心中充满了传说中那种恐惧，害怕它会缠在我头发上，这翅膀是多么悄无声息，想想看那荒唐场景：半夜醒来的时候你看到这悄无声息的翅膀在你眼前拍打，然后你自言自语地说：“你真的相信有吸血鬼吗？”——事实是，凌晨三点我在小木屋里点着灯读（而不是做别的事）（发抖）《化身博士》[①] 时，

---

① *Dr. Jekyll and Mr. Hyde*，苏格兰作家罗伯特·路易斯·史蒂文森的代表作之一，该小说主要讲杰基尔博士为探索人性的善与恶，发明了一种药，服用后便成为海德先生，强调人格的分裂。

那些翅膀绕着我的小屋飞——我有点小小的怀疑我可能会在短短六个星期之内从沉静安详的杰基尔博士变成了歇斯底里的海德，生平第一次我头脑中的平静机制完全失去了控制。

可是啊，最初几天都很美好，蒙桑托开车把我送到蒙特利，然后又按照完整的清单给我买回两大箱食物，留下我一个人独自度过三个星期，这是我们说好的——头一个晚上我拿着他那功率极大的手电筒朝上面的大桥照射的时候一点都不害怕，甚至还有些快乐，光束径直穿过雾气，直指那个高大怪异的畸形物的苍白底部，我甚至还把光束射过无从耕作的海面。那时我坐在洞穴旁边，身穿我的渔夫行头，在伸手不见五指的夜里记录下海的语言——最糟糕的是光束照射着藤蔓缠绕的疯狂悬崖，猫头鹰在那里呜啦啦地狂叫不止——熟悉环境后，我忍受着恐惧在小木屋里过起日子来。小屋里火炉和煤油灯都闪着温暖的光，让那些鬼怪们都掉转屁股滚开吧——和尚就住在树林里，他只渴望安宁，他会得到安宁——可是为什么在这陌生的树林里过了无比幸福无比宁静的三个星期，已经完全适应了那样的生活，当我和戴夫·韦恩[①]、罗玛娜还有我的姑娘比莉和她的孩子一起回来之后，我的灵魂变得那么消沉空虚，我真是搞不懂——要是我把一切都深入挖掘一番的话，便需要细细道来。

因为起初一切都那么美好，甚至睡袋坏了都没影响我的心情。半夜里我翻了个身继续睡觉的时候，我的睡袋却突然爆裂羽绒乱飞，因此我骂骂咧咧起来点起灯缝被子，否则到了早晨羽绒就飞完

---

① Dave Wain，原型是卢·韦尔奇（Lew Welch）。

了——我像可怜的妈妈一样垂着头在小屋里摆弄针线，坐在刚点起的炉火旁、煤油灯的灯光里，就在这里那些该死的悄无声息的黑色翅膀拍打着飞来弄得我的小屋里四处都是阴影，那些吸血蝙蝠飞进了我的房子——我费劲地把一块小碎布缝在破旧不堪的睡袋上（睡袋主要毁于一九五七年，在一次大地震后我躺在新墨西哥城的一家旅馆里，靠它捂汗退烧），那次被汗浸湿之后，睡袋的尼龙都变得脆弱不堪了，不过还挺柔软，尽管柔软到我不得不从旧衬衣上剪下块布补上那个破口——我记得我在夜里干着这些家务琐事的时候抬起暗淡的眼睛迷迷糊糊地说："对，没错，米恩莫山谷有蝙蝠。"火苗噼啪作响，补丁缝好了，外面的小溪时而潺潺时而隆隆——小溪的声音居然这么多变，真不可思议，有时像在小小的水池中轻吟浅唱，欢腾跳跃，有时又像是山间岩石中妇人的咯咯娇笑，突然又成为水坝那里传来的歌手们的大合唱，不分白天黑夜地叮当作响。这小溪的声音起初让我觉得很开心，可后来在那个疯狂夜晚的恐怖中，它在我头脑里变成了邪恶天使叽里呱啦的咆哮声——所以到最后也不管是蝙蝠还是裂口了，反正最后我是完全清醒，根本睡不着了，而那时才凌晨三点，于是我拨开炉火，静下心来读完了整本《化身博士》。这本精美的皮面袖珍本是精明的蒙桑托留下的。他一定也在像这样的夜晚瞪着大眼读完了它——黎明时我读完了最后几句优美的句子，该起床了，还得去汩汩流淌的小溪那儿提水，再吃点薄饼加果汁的早餐——然后我对自己说："为什么因为夜里睡袋裂开这样的小事而烦恼呢，要自力更生。"[①] ——"操他妈的蝙蝠，"

① 自力更生（self-reliance）是美国超验主义所推崇的思想，其代表人物是爱默生和梭罗。

我又加了一句。

第一个下午的宏大开启，实际上就是我一个人在小屋里为自己做了第一顿饭，洗了盘子，小睡一会儿，醒来后居然在小溪欢乐的潺潺声中听到了沉默或是天堂的声音，像铃声一样欢快动人——当你说自己正在独处时，小屋就突然变成了家，只是因为你做了一顿饭，还洗了第一顿饭的碗碟——接着夜幕降临，漂亮的煤油灯上有虔诚圣洁的女灶神[①]为你照明，那个灯罩在小溪中仔细清洗过，又拿卫生纸仔细地擦干，可是卫生纸却弄得灯罩全是斑点，于是我又拿到小溪那儿洗了一遍。这一次我就把灯罩在阳光下晾干，黄昏时分太阳很快就消失在庞大高耸的峡谷峭壁之后——夜幕降临了，煤油灯为小屋投射下一缕光芒，我出去采了一些蕨菜，就像《楞伽经》中提到的，那种像发网一样的蕨菜，“看哪，先生们，漂亮的发网!”黄昏时分，雾从峡谷峭壁上喷涌而出，席卷一切，遮住了太阳，天凉下来，甚至门廊上的苍蝇也像山顶上的雾一样悲伤——当阳光消逝时，苍蝇也娴静得像艾米莉·狄金森笔下的苍蝇一样消失了。天黑下来时，苍蝇都在树里或别的什么地方睡着了——正午的时候，苍蝇们跟你一起待在小屋里，可是随着午后时光的流淌，它们就向门槛那边缓缓移动，优雅得令人不可思议——两个街区外蜜蜂的嗡嗡声让你感觉它们就在你房顶上飞舞，当蜜蜂的嗡嗡声盘旋得越来越近的时候（再喘口气），你得撤退到小屋里等着，它们可能得到消息来看你，于是两千只蜜蜂都来了——可是最后习惯了蜜蜂的嗡嗡声，那就好像一周一次的大型派对一样可爱——一切最

① 根据罗马神话，守护万家灯火的是美丽圣洁的女灶神（Vesta）。

终都变得那么神奇。

在第一个可怕的夜晚，我坐在浓雾弥漫的海滩上手拿笔记本和铅笔，盘着腿坐在沙滩上，对着整个狂怒的太平洋以及怒涛中的岩石，那岩石就像海湾中耸立出来的、裹挟着海水的高塔一般阴郁可怖，海湾中有乒乒乓乓的声音，那是海水在洞中轰鸣，海水拍打着溅出洞外，海藻之城在水中上下起浮，你甚至可以看到磷光闪闪的海滩夜色中它们妖媚的目光——第一个夜晚我坐在那，我所知道的就是，当我向上望去，厨房的灯亮了，在悬崖上，在右边，那里有人建起了一个木屋，可以俯瞰整个可怖的大瑟尔，我所知道的就是有人在那里享受着清淡而精致的晚餐——闪烁在悬崖之上的小屋灯光像微弱的灯塔之光一样照射出来，在离波浪汹涌的海岸一千英尺的地方就戛然中断了——谁会在那里建一个小木屋呢？除了无聊的人，除了头发灰白却富于冒险精神的老建筑师，也许他厌倦了在国会中竞选的日子，这些日子里有一天会上演奥逊·威尔斯[1]的大悲剧，一个身穿白袍像鬼一样的女人尖叫着从陡峭的悬崖飞落下来——可实际上我在脑海中真正看到的是那上面厨房的灯光，灯光下是清淡、精致，也许还很浪漫的晚餐，灯光在寂寥的浓雾中闪烁，此时我身在火神[2]的冶炼炉中悲伤地向上眺望——我坐在一块上亿年的岩石上，心不在焉地抽着骆驼牌香烟，那岩石在我身后耸立着，到了令人无法相信的高度——悬崖上微弱的灯光就是那岩石的尽头，岩石后面大海的肩膀迫使那些悬崖再往高、再往后，使内

① Orson Welles（1915—1985），美国电影导演、编剧和演员，代表作品有《公民凯恩》、《夜半钟声》等。
② Vulcan，罗马神话中火与锻冶之神，爱神维纳斯的丈夫。

陆变得越来越高，把我吓得喘着粗气，心想：“看上去像一条斜卧着的大狗，该死的肩膀就靠在这杂种上面。”——能把人淹死，把人卷起摔死，把人吓死，不过也让人困惑：在这水与岩石之间，到底是什么意味着死亡。

我在小屋的门廊里补睡袋，可是凌晨两点，雾气越来越重，把一切都弄得湿乎乎的，我只好抱着湿湿的睡袋回到屋里重作安排。可是在树林中一座孤独的小屋里待着，谁不会沉沉睡去呢，当早晨睡个懒觉醒来时会觉得神清气爽，意识到宇宙真是不可名状：宇宙是天使——不过这样的话只有在你成功逃离了肮脏的城市后才会脱口而出——不过也只有到了树林中，你才会涌起对“城市”的怀念，你梦想到城市去的漫长而灰暗的旅程，柔和的夜晚像巴黎一样展露出来，不过却永远看不到它有多恶心，因为荒原带给人的健康和纯净是原始而纯洁的——于是我告诉自己：“要明智。”

六

尽管蒙桑托的小屋也有缺点，比如说没有纱窗，只有大大的木头窗板，白天的时候苍蝇就在屋里乱飞，而雾气浓重空气潮湿的日子，要是打开窗板就会觉得冷，关上就什么也看不清了，连正午时分也得点上灯——除此之外再没别的缺点了——一切都非常美妙——首先你可以尽情欣赏梦幻般的午后。草地上面长满了石南花，一直延伸到峡谷的另一端，而且你只需走上不到半英里的路程就会惊喜地发现，狂野阴郁的海岸突然间展现在眼前，要是你对这些都没兴趣，你可以悠闲自得地坐在小溪边的林间空地上，任想象飞舞——在一片青翠之中享受做白日美梦的惬意，多美啊！于是对那里的精灵祈祷说："请允许我留在这里，我只想要安宁。"被浓雾笼罩的山峰便无声地回答："好吧！"——然后对自己说（如果你像我这样专注于神学）（至少在那个时候，在我疯掉之前一直专注于神学）："上帝无处不在，它拥有唤醒之眼，如同做一个长长的梦，梦中你面临着一项无法完成的任务，之后你突然醒来，喔，任务没有了，做完了不见了。"——最初几天的快乐将我淹没在这种令人头晕目眩的幸福中。我信心满满地对自己说（根本没想过三个星期后我会做什么）："再也不过放纵的生活，我应该安静下来观察世界享受其中的乐趣，先是在这样的森林中生活，之后静静地走到世界中对人们说，不要酗酒，不要吸毒，不要放纵自己，也不要和垮掉派分子、酒鬼和吸毒的人鬼混，我不再问自己'上帝为什么要折磨我'这样的问题，也就是说，做个孤独的人，旅行者，只跟服务生说话，事实上，在米兰、巴黎，我只跟服务生说话，四处漫步，再也不给自己施加痛苦……是该好好想一想、好好看一看了，要关注事实真相。我们知道的只是整个表象世界，而真相在历史的长河中被亿万年的淤泥所掩盖……是啊，因为这样，孤独更重。”——“回到童年吧，吃着苹果读天主教理——坐在路边的石头上，地狱里有好莱坞炽烈的灯光。”（想起了仅仅一年之前的可怕经历。那时我坐在伯班克演播室里，在炽烈的灯光下为史蒂夫·阿伦脱口秀节目进行第三次散文朗读的排练，有一百来个技师等我开口朗读，斯蒂夫·阿伦砰砰地敲着钢琴充满期待地看着我，我坐在那个傻逼凳子上就不张嘴，一个字也不读，“拜托，史蒂夫，我不用排练！”——“快点读吧，我们只想听听你的语调，这是最后一次，以后穿正装的排练你就可以不来了。”可我坐在那儿不停地出汗，整整一分钟一个字也念不出来。所有的眼睛都盯着我，最后我说了句“不行，我念不出来”，然后就走到街对面喝了个酩酊大醉。）（不过后来出乎所有人意料，那天晚上的脱口秀节目中，我的朗诵完美极了，连制作人都惊喜不已。于是他们带了一个好莱坞的小明星陪我出去潇洒。她可真烦人，非要把她的诗念给我听，可是就不跟我谈爱情，因为在好莱坞爱情是拿来卖的）——甚至世界上开天辟地以来所有漫长的、美妙的生命记忆也仅仅是坐在那儿，或躺在那儿，或者慢慢走着去回忆生命的所有细节，因为已经相隔一百万光年那么遥远了，于是就随意地在脑海中将其投射成令人愉快的电影，以供将来研究之用——令人愉快——我想象着上帝此时此刻也是这样，他在看他自己的电影，也就是我们。

有一天晚上我心情很好，长呼了口气翻了个身打算继续睡觉，可是一只老鼠突然跑到我头上来，这可太棒了，因为我随后就拿出了轻便帆布小床，在上面放了一块又大又宽的木板，能把帆布床的两头都盖住，这样我就不会陷进让人难受的帆布中去，我又把两个旧睡袋放在木板上，我睡上面那个，于是我就拥有了世界上无与伦比的既防老鼠又有利于背部健康的床。

我还满怀好奇地走好远的路去看看内陆方向是什么样子，沿着尘土飞扬的小路走上几英里，就看到一座孤零零的农场，还有几座伐木帐篷——我走近忧伤而宁静的巨大山谷，那里你会看到高达一百五十英尺的红杉树，间或会有一只小鸟直直地站在最高的枝头，像粘在那里一般——小鸟优雅地站在那儿，俯瞰着薄雾与参天古木——你还能看到峡谷对面的悬崖边上有一朵孤零零的小花在风中摇摆，或者看到红杉树上一个巨大的树瘤像极了宙斯的脸，或者看到上帝的某个微小而疯狂的造物在溪流里混沌度日（比如锯齿形的小虫），或者看到一段寂寞的篱笆上面写着“帕西先生，非请勿人”，或者看到从红杉树阴影中渗透出来的层层叠叠的蕨类植物，你想着：“离垮掉的一代已经很远了，在这雨林中。”——于是我转身返回小屋所在的峡谷，路过小屋，然后又沿着小屋旁边的小路一直走到海边，去那个骡子站立的海岸，它在高达一千英尺的大桥下细细吃草，有时就站在那里，用它那棕色的像伊甸园般纯净的大眼睛盯着我看——这骡子是峡谷中住在小木屋里的一户人家的宠物，我给它起名叫阿尔夫，它刚刚从峡谷的另一端漫步而来，却被那里的牲畜栅栏挡住了去路，走到荒凉的海岸，又被大海阻挡。第一次见到它，你会觉得它像高更笔下一头奇怪的骡子，它把黑黑的粪便留在完美的白色沙滩上，它是来自远古的不朽的骡子，整个沙滩都是它的——后来我甚至找到了阿尔夫睡觉的地方，是在长满石南花的梦幻草地上的一处充满神圣色彩的小树林中——于是我把剩下的苹果都给它吃了。它用深藏在柔软多毛的嘴中的大牙来接，但它根本不咬，只是把我伸展的手掌中的苹果弄掉，然后悲哀地咬着牙走开，转过身，把它的屁股往树上蹭，那动作极端色情，而且越来越色情，最后它站在那儿，阳具勃起，那架势足以把巴比伦的妓女也吓跑了，更别说是我。

世上所有奇异与非凡的事情就像黎普列所经历的不可思议的情形一样，大约五百年前一棵大树倒下来，横跨过小溪成为一座桥，树干的另一端如今已经深深埋在十英尺深的淤泥和落叶里，这已经够奇怪了，可是树干的中间，即溪水上方的部分又笔直地长出了一棵红杉树，看上去就像有人种在树干中一样，或者是上帝之手将它插进去的，我搞不清到底是怎么回事，于是一边瞪着眼看，一边像个大学生似的嘴里猛嚼着大把大把能噎死人的花生——（这不过是我在纽约的鲍厄里大街①一头栽下去的前几个星期的事儿）——甚至当一辆家用车经过时我还在做着不着边际的白日梦，就像是农夫琼斯和他的两个女儿过来了，而我胳膊下面夹着一棵六十英尺长的红杉树慢慢地拖着走，他们既惊讶又害怕。“我们是在做梦吗？怎么会有这么强壮的人？”他们甚至忍不住这样问我，而我的回答则充满禅机：“你们只是认为我强壮。”然后就夹着那棵树往前走——这些古怪的幻想让我在苜蓿地里笑了好几个小时——一头牛从我身

① Bowery，纽约市曼哈顿区南部的一条街道和小型街区，因疯狂的酒吧、遍地垃圾以及扒手聚集而臭名昭著。

边经过，它转身看我，好像随意拉了一大坨粪便——回到小屋里，我点着火坐在那儿叹气，锡桶上有树叶掠过，大瑟尔正值八月——我坐在椅子上睡着了。醒来的时候，我正面对着门外枝叶茂密而交错的小树林。我突然想起很久以前这树林的样子，甚至想到了那片特别厚重的灌木丛，茎缠着茎，彼此盘绕，古老的宅院，不过就在我琢磨着这乱糟糟的东西到底是什么的时候，砰的一声，风把小屋的门关上了，我什么也看不见了！——于是我总结道："我只看门让我看的东西，不管门是开还是关。"——起来的时候我又加了一句，用响亮的英国贵族的腔调，反正也没人听见，"宣告之事即重要之事，陛下"，我把"之事"说得像"之思"——这让我吃晚饭的时候一直笑个不停——晚饭是裹着锡纸扔进火里烤熟的土豆，一杯咖啡，用铁签穿着烤的大块大块的斯帕姆牌[1]肉罐头，还有苹果酱和奶酪——晚饭后我点着灯开始看书，每夜必至的飞蛾便一头飞向灯火，飞向每夜必至的死亡——我把灯吹灭了一会儿，后来又点着了，但那只在墙上睡觉的飞蛾没有觉察到。

可是我还要说的是，每天都又阴又冷，要不就潮湿难耐，这种冷与东部不一样，而且每天夜里都雾气重重：从来就没看到过星星——不过后来我发现这种情形真是再妙不过了，这正是"潮湿季节"，而峡谷的其他居民（周末度假者）就不会在周末出来了，这样我连续几个星期就享受着绝对的独处（因为到了八月末，当阳光驱散了雾气的时候，突然之间我听到峡谷里各个地方都传来笑声和嚓嚓的脚步声，可这里曾是我的，只属于我，我想到海滩上去，可

① Spam，美国罐装肉品牌。

在那儿蹲坐着写东西时，却来了许多出来郊游的家庭，其中年轻一些的就把车停在横亘在高高绝壁上的桥上走下来玩，实际上他们当中有一些就是一群胡喊乱叫的小流氓）——因此雨林中的夏日浓雾真是威风八面啊！而且到了八月阳光普照的时候，又会发生可怕的变化，一阵阵吓人的飓风狂暴地涌进峡谷，所有的树都咆哮不止，那情形真是吓得人魂飞魄散，有时候震耳欲聋的轰鸣声让人觉得大树之间似乎起了战争。小屋在风中摇晃，我也惊醒过来——这样的情形促使我陷入疯狂。

不过最美妙的那天是我完全忘记了我是谁，我在哪，那是什么时间。我只是把裤腿卷到膝盖上面，一门心思在溪水里摆弄，我把石头都重新摆了摆，还把碍事的东西挪开，那地方（离沙滩很近）水越聚越多，水流打着漩涡急速而来，形成了一泓深而清的水潭，不再像那些浅浅的地方水流缓缓，里面甚至还积聚了小虫子，我弯下腰轻易就打了满满一壶水——我双手挖进底下的白沙，把地下的石头摆好，于是我就可以把这个水壶固定在那儿，再把壶口斜对着溪流，壶里立刻就会灌满清澈纯净又没有小虫的水，那是可以直接饮用的活水——这个过程叫做挖引水槽——由于我弯腰取水的沙地旁水流过急，水潭过深，所以我必须用石头垒一个像堤坝一样的东西，这样水流才不会把边缘冲垮——要垒好堤坝，就得先在外围用小石头固定一圈，于是太阳下山的时候我还弯着腰抽着鼻子埋头苦干（就像小孩子疯玩了一整天后抽鼻子那样）。我开始把小鹅卵石嵌进石头间的缝隙中，这样水流就不会渗过来冲毁堤坝，我甚至还把小鹅卵石嵌进下面的沙子中，真是完美的堤坝，我还在上面放了一块木板，这样每个来打圣水的人都能跪在上面——抬头看看我忙活了整整一天的工程，我从太阳高照一直忙到太阳下山，当我明白我在哪里，我是谁，我做了什么的时候，真是无比惊讶——就像印第安人独自一人在森林里精心加工独木舟一样，内心无比纯净，无比简单——可是就在几个星期前，我在纽约的鲍厄里大街一头栽下去，人们都以为我摔伤了，我刚才说过这事儿——于是我唱着快乐的歌去做晚饭，又在雾气蒙蒙的月夜出来（白色的月光洒遍大地）兴致勃勃地看着眼前的奇妙景色：轻盈欢快的溪水潺潺流淌，闪烁着细细的波光——“当薄雾散尽，星星和月亮展露光芒，这是多么美丽的夜色啊！”

可是这一切的一切——所有这些给我惊喜的琐碎的快乐却在我后来回去时恐怖的心境中都变成了阴险邪恶的模样，甚至当我的眼睛和胃口感到恶心作呕，我的灵魂高声呼喊着一千个含混不清的词语时，我那个小小的木头平台还有引水槽也变得狰狞起来，哦——真是说不清楚，那最好就别自作聪明地乱说，还是闭嘴吧。

七

因为到了第四天我就开始厌倦，我还好奇地把这种感觉写在日记里，“已经厌倦了?”——尽管爱默生写的漂亮文章能让我摆脱这种情绪（比如在一本红色皮面的小书中一篇名为《论自助》的随笔中他说：“当一个人全心全意投入一项工作并做到了最好，他便会得到解脱与愉悦。”）（这同样适用于傻乎乎地建造那个简单的引水槽和写这种长篇大论的愚蠢文字）——这些话是被称为“美国黎明的号角”的爱默生之口，爱默生还盛赞惠特曼，并说道：“孩童不用遵从任何人。”——孩童的心地单纯，在树林里待着就很开心，要做什么、应该做什么都不用遵从其他人的想法——“生活无须勉强”——当博爱的废奴主义者自以为是、不怀好意地指责他对奴隶制视而不见时，他说：“你的爱太遥远，家里却没有。”（也许该慈善家使唤黑佣）——于是我成了叫蒂·让[①]的那个孩子，每天就是玩玩乐乐、补补衣服、做做晚饭、洗洗盘子（我总是让壶里的水在火上开着，一旦需要洗盘子，我就把开水倒进平底锅里，加上汰渍皂液在里面好好泡泡，然后用从“五分十分”杂货铺买来的小钢丝球搓洗，最后擦干净）——漫漫长夜我都在想那个小钢丝球的用途，那些花一毛钱从超市里买来的钢丝做的黄色小玩意，对我来说要比愚蠢乏味的小说《荒原狼》不知有趣多少倍。我在小屋里读过这本了无意趣的小说，这是个自称反映当今世界“顺民特性”的狗屁东西，作者一直自诩像尼采一样伟大，可是他就算是模仿陀斯妥耶夫斯基也晚了五十年啊（他认为在所谓的“私人地狱”中饱受折磨，只因为他不喜欢别人喜欢的东西！）中午时分最好去看蝴蝶翅膀上橙黑相间的普林斯顿之色[②]——而最棒的是在夜间到海岸聆听大海的声音。

也许我不应该出去把自己吓得心惊胆战，心生厌倦，或者不停地絮絮叨叨，不过夜间的海滩是每个人都会害怕的——每天晚上八点钟左右，吃过晚饭，我就会穿上宽大的渔夫外套，带上笔记本、铅笔和一盏灯上路（有时在路上会碰到鬼魅般的阿尔夫）。一直走到高得吓人的大桥下，透过黑暗的雾气向前看，海中白色的浪头像一张张大嘴高高地朝我扑来——不过我熟悉地形，于是一直朝前走，跳过海滩的小溪，到了悬崖边离洞穴不远的那个属于我的小角落，然后像个白痴一样坐下来，在黑暗中把波浪的声音记在笔记本上（秘书专用的那种），我能在一片黑暗中看到白色的纸，因此不用点灯就在上面潦草书写——我不敢点灯，因为我怕吓到那些爬到悬崖上、在夜色中享用温馨晚餐的人——（后来我发现根本没人爬到这么高的地方享用温馨晚餐，只有加班的木匠在灯光里赶路）——我却被涨到十五英尺高的潮水吓到了，可我还是坐在那儿，满怀信心地期望从几英里外的夏威夷奔涌过来的、像格鲁姆斯海峡一样高的浪潮都会被坐在黑暗中的我看在眼里——不过有一天我还是被吓坏了，于是就坐在十英尺高的悬崖顶上，海浪像是在说："响啊，把门撞得那个响啊"——"撞啊撞啊"——"哗——嘘"——海浪就发出这种声音，尤其是在夜里——大海说

① Ti Jean，凯鲁亚克的昵称。
② 普林斯顿校旗的颜色为橙黑相间。

话不是完整的一句话，大多是特别短的：“哪一个？……破落的那一个？……一样啊，轰隆隆”……实际上我写下的就是这些稀奇古怪毫无意义的东西，可是我觉得我必须这么做，因为詹姆斯·乔伊斯做不了了，他已经死了（他曾考虑“明年我会记下大西洋在夜间撞击康沃尔[1]海岸那与众不同的声音，或者记录下印度洋撞击恒河口的轻柔之声”）——我只是坐在那里聆听海浪以不同的声调在沙滩上涨涨落落：“咔，轰隆隆，可破落啊，啊嘀破水獭纠缠不休嘀，哗啦啦，海里的天使啊都被绳捆着吗？”等等等等[2]——我偶尔抬下头看到间或有汽车穿过高高的大桥，就纳闷在这弥漫着浓雾的阴郁夜晚他们能看到什么。如果他们知道，一千英尺之下狂风怒吼的地方，有一个疯子在黑暗中坐着，在黑暗中写着——那是个海边的垮掉派分子，不过要是他们因为这个而叫我垮掉派分子的话就来试试好了，我看他们谁敢——那些黑色的巨大岩石似乎在动——凄凉恐怖咆哮不止的孤独，没点过人之处谁敢这样做，我告诉你——我是布列塔尼[3]人！我高声呼喊，黑夜也高声回应：“Les poisons de la mer parlent Breton（海里的鱼说的是布列塔尼语）”——不管怎样，我每天夜里都到那里去，尽管我不是很想，那是我的责任（可能我已经给逼疯了），我得写下海的声音，以及那首疯疯癫癫的长诗《海》。

事实上逃离那个地方往回走的感觉非常好，回到更有人气的小

① Cornwall，英格兰西南部一个郡。
② 于海边写成的完整诗歌附于书后，即附录部分，题目为《海：大瑟尔的太平洋之声》。
③ Breton，法国的一个区，该区位于法国的边缘，受外界影响较少。布列塔尼有自己的民族和语言，但现在这种语言已几近消亡。

树林，回到小木屋里，炉火红红的，你能看到菩萨的灯，桌上放着一瓶蕨菜，旁边还有一盒茉莉花茶，从外面那满是岩石的大火边回来感觉一切都那么温柔富有人性——于是我做了一锅香喷喷的松饼，然后对自己说："会给自己做饭的人有福了。"——就像这样的日子，过了整整三个星期，幸福啊——我还自己卷烟抽——正像我说的，有时候我就琢磨从那些便宜的小物件中发掘出绝妙的用途，多么令人兴奋啊，比如说那个小钢丝球，不过转念间我又想到，帆布背包里那些非同凡响的东西，比如说我花了两毛五买的塑料调酒壶，就是我刚才用来打松饼糊的那个，以前我还曾经拿它喝热茶、酒、咖啡、威士忌，甚至在旅行的时候我还拿它存放干净的手帕——调酒壶的盖子是我的圣杯，我都用了五年了——有些东西是我花了大价钱买的，但却从没派上用场，因此就毫无价值，跟这些东西比，我包里的其他东西也都特别珍贵——比如那件柔软的黑色针织睡衣，都穿了五年了，如今在大瑟尔潮湿的夏天，我白天黑夜都穿着，冷的时候就套上件法兰绒衬衫，晚上在睡袋里睡觉时就只穿它——可反复穿着，优点道不尽！因为那些贵东西都没什么用，比如我最近为了在纽约和其他地方录制节目买的花里胡哨的裤子，我就没再穿过第二次，那件价值四十美元的雨衣更是毫无用处，我从来就没穿过，因为它的侧兜根本就没有开口（你得为品牌和所谓的"剪裁"买单）——还有一件为了上电视而买的粗花呢夹克也从没有再穿过——两件为好莱坞录节目而买的傻乎乎的衬衫也从没再碰过，每一件都花了九美元啊！——我找到那件绿色的旧T恤，一看见它我就想起过去，眼泪都快流下来了，知道吗，都八年了，知道吗，在加州沃森威尔大清仓时买的知道吗，特别实用，而且舒服极了——就像是在小溪里忙活，鼓捣出一条新的水流，让它流过堤岸上木板旁边那个深浅适宜的新挖的水坑，就像小孩子做游戏一样让自己陶醉其中，就是这些小事才有价值（这些老话都是真理，所有的真理都是对的）——我临终之时都能记起在小溪边的日子，却不会记起米高梅电影公司购买我写的书的那一天，我会记得这件不知放在哪里的绿色旧衬衫，而不会记得镶着蓝宝石的礼服——这也许是步入天堂的最好的方式。

白天的时候，我又走到海滩写我的《海》，我光着脚站在海边，停下手中的笔，用一个脚趾头挠脚踝，我听懂了波浪的节奏，它们突然在说："你想探寻我是否纯洁吗？"我回去泡了一壶茶。

夏日的下午——
焦虑不安地嚼着
茉莉花叶

正午时分太阳终于出来了，阳光强烈，打在高大而漂亮的门廊上。我坐在那儿，有书和咖啡陪伴，那个中午我想到了古印第安人，他们一定在这个峡谷住了上千年，就算回到十世纪这个峡谷肯定也是这个样子，只是树木有些不同：古印第安人据说是十八世纪六十年代印第安人的祖先——他们是如何全部死去，并悄无声息地埋葬了他们的悲伤与激情——过去六十年的伐木运动把后山的分水岭夷平，为何这小溪以前也许比现在深一英寸——妇女是如何敲开当地的橡子或者叫橡果，我终于在山谷中找到了这种天然坚果，味道还挺甜——男人们都猎鹿——事实上只有上帝知道他们干过什么，因为我当时并不在场——不过是在同一个山谷，千年的尘埃已经覆盖了他们公元九六〇年留下的脚步——在我看来这世界对于我们来说太过古老，不应该拿我们那些新词谈论它——我们将悄无声息地度过生命（度过、度过而已），就像十世纪时生活在这个山谷的人一样，只不过多了些噪音、多了几座桥、几座大坝和几辆破车，而一百万年后这些也都没了踪迹——世界依然是这个样子，它不停运动，历经沧桑，眼光放长远些，其实根本没什么要抱怨的——就连山谷的岩石也有更早的岩石祖先，亿万亿万年前，没有留下任何抱怨的呼号——蜜蜂也没有，第一只海胆、海蛤或者破裂的爪子也没有——一切悲伤如此而已，这便是世界之景，就在我眼前，就在我鼻子底下——看着峡谷的时候其实我又意识到该做饭了。我做的午餐与远古之人的午餐没什么不同，除了味道更好一点——一切都没有改变，雾说："我们是雾，转瞬即逝。"而树叶说："我们是树叶，在风中摇摆，就这样，我们来了又走，长了又落。"——就连我扔进垃圾坑中的纸袋也说："我们是人类用木浆做成的纸袋，我们是纸袋的样子时心里总有几分得意，可是雨季来临我们就和我们的树叶姐妹一起再次成为烂糊。"——树桩说："我们是树桩，被人从地里拔出来，有时是被风扯出来，我们巨大的根须沾满泥土，从土地中汲取水分。"——人说："我们是人，我们拔出树桩，我们制造纸袋，我们有睿智的思想，我们做午餐，我们环视四周，我们历经千辛万苦才意识到万物大同。"——而沙子却说："我们是沙子，我们早就知道。"大海说："我们总是来了又走，落了又涨。"——茫茫的蓝天说："一切都回归于我，然后再离开，再回归，再离开，我从不介意，一切依然属于我。"——蓝天又说：

“不要叫我永恒，你可以叫我上帝，刚才所有讲话的都在天堂：树叶是天堂，树桩是天堂，沙子是天堂，大海是天堂，人是天堂，雾是天堂。”——你能想象一个有如此非凡洞察力的人会在一个月之内疯掉？（因为你必须承认那些说话的纸袋和沙子说的都是事实）——可是我记得看到一堆树叶突然被风吹散，飘落到小溪中，然后随着溪流迅速流向大海，这让我感到一阵莫名的恐惧，甚至就在那时想：“噢，天哪，不管我们知道什么，说过什么，做过什么，我们都会被卷入大海。”——一只停在弯树枝上的小鸟突然飞走，而我甚至一点都没有觉察。

八

不过今天的雾夜有月光，火在炉膛里熊熊燃烧——给了骡子一个苹果，它用厚嘴唇接住——一只蓝鸟喝我的罐装牛奶头往后一歪，鸟喙上就留下一溜儿牛奶——外面总有浣熊或老鼠的抓痕，在夜里——有只可怜的小老鼠每晚都躲在小角落里吃晚餐，那是我在可爱的小盘子上放的奶酪和巧克力糖（我捕杀老鼠的日子已经一去不返了）——雾中有只熊，炉火旁有个人，他们都因上帝而孤独——我结束了海边的夜坐，像个老和尚一般咕咕哝哝、跌跌撞撞沿路走回来——我把聚光灯突然射向一只正往树上爬的浣熊，它的小心脏吓得怦怦乱跳，可我却用法语大喊“allo ti bonhomme（你好啊小家伙）”——有一瓶橄榄，四块九买的，进口的，西班牙甘椒味的，我一个一个地吃着，心里想着希腊的午后山坡——有番茄酱拌的意大利面条，还加了我用油和醋拌的沙拉，还有那可爱的开胃的苹果酱，一杯黑咖啡和羊乳干酪，还有晚饭后吃的坚果，亲爱的，这一切都在树林里——（在午夜慢慢咀嚼美味的橄榄是任何人在豪华饭店都没有的体验）——此时此刻全是枝叶交错的树林——有一只鸟在树枝上，它突然安静下来，因为它太太看了它一眼——有只斧头的手柄就像伊格雷夫斯基的芭蕾一样优雅——有薄雾笼罩的“米恩莫山”在八月的朦胧月色中、在一片峻美的群山之中闪着光泽，华美而朦胧的雾气层层叠叠在昏暗中缭绕升起，夜色中似乎弥漫着些许玫瑰色，好像中国或日本的传统丝画一般精美——有一只小虫子，一个没有翅膀的无助的小爬虫，跌进水罐里了，我把它拿出来，它就在门廊上来回瞎转，直到我看得厌烦——有一只蜘蛛在房子外面忙活着自己的事情——我旁边有一块熏肉，用钩子挂在小屋的天花板上——有傻瓜的笑声从月影中传来——猫头鹰在诡异的菩提达摩树下嚎叫——有鲜花和红杉圆木——有简单的柴火，既小心谨慎又漫不经心地填火加柴这种行为就叫无为之为，然而这本身就是一种思考，因为所有的木柴，就像雪花一样，每时每刻都在变幻——是的，有被火苗包裹的红杉圆木融化的纯净树脂——是的，十字锯开的红杉圆木变成了碳，看上去像干闼婆[①]之城或者日落时的西部孤丘——有和尚的扫帚和水壶——有个喝多了酒在海边沙滩上唠叨不清的醉鬼——还有那些为了睡个好觉而做的热切的准备工作，就像那天晚上我四处找睡袜（这样就不会弄脏睡袋里面），却发现我一直在唱："我的睡袜在哪里呀？"——没错，我的骡子在峡谷下，阿尔夫，唯一看得到的活物——一觉醒来眼前有清寂的月光——全世界的物质就是神圣的物质，因为除此之外还能存在于哪呢？——一家子鹿黄昏时走在泥路上——小溪一路咳嗽着奔向林中空地——有在我大拇指上蹭鼻子的苍蝇，接着它又迈步走到我的书页上——有个像流氓一样脑袋不停地左右摇晃的蜂鸟——所有这一切都存在着，还有我所有美好的想法，甚至还有我献给大海的小曲："我把尿水，撒到海里，从酸到酸，从我到你。"可是不到三个星期我就疯了。

谁会在这么轻松自在的情况下疯掉？不过等一下：的确有迹象显示有些地方有问题。

---

① Gandharvas，印度神话里的乐师神。

九

第一个迹象就在我那次美妙的远足后接踵而至。那天我再次沿峡谷小路走到大桥公路上，那里有一个牧场邮箱，我可以把信投进去（一封是给我妈妈的，让她给我的小猫“小淘气”一个吻，一封给我的铁哥们朱利恩①，信的抬头是煤球·锈果，署名是矮子·傻果）。当我一路上行的时候，我能看到半英里外古树掩映中我那小木屋的宁静屋顶，能看到门廊，我睡觉的帆布小床，还有床边椅子上晾着的红手帕（简单别致的景色：半英里外的红手帕让我快乐得无以言表）——回来的路上我在小树林里停下来沉思，“圣骡阿尔夫”正在那个树林中睡觉，在闭合的眼睑中我看到了未放的玫瑰，就像我曾经看到的红手帕一样清晰，我走在海边沙滩上，脚步声也清晰可闻，看到，或者听到“未放的玫瑰”一词，我盘腿坐在柔软的草地上，还听到生命中心那可怕的静谧，可是却感觉到奇怪的低沉，似乎是第二天的前兆——下午我到海边的时候，突然做了个瑜伽式深呼吸，把所有大海的好气息都吸了进去。不过也吸入了过量的碘或者过量的邪气，也许是海中洞穴，也许是海藻之城，也许是别的什么，我的心突然狂跳——想着我本想融入这里的山水之间，没想到我却几乎昏倒，只不过不是像圣方济各②那样因狂喜而眩晕，它以恐慌的形式将我攫获，因为我痛苦地知道我永远不能把握自己的生死——每个人都有这样的恐惧——我感到自己完全赤裸，没有一丝一毫的遮蔽，比如对生命的思索，或是大树下的冥想，还有什么“终极本原”以及所有那些扯淡的东西，其实还可以通过其他可怜的手段寻求保护，比如做做晚饭，或者说“接下来做些什么？砍砍柴？”——我仿佛看到了自己的末日，真可怜——我明白我这一生都在欺骗自己，总想着下一步要做什么，好让这场戏演下去，可事实上我不过是个讨厌的木偶，所有人都是木偶，这种想法让人不寒而栗——所有所有的一切，如此可怜可悲，而且甚至没有任何能使灵魂从这种恐怖险恶的状态（指必然面对死亡的无助）中得到慰藉、感受到生命活力的方法，于是我从刚才的晕厥中回过神来，在沙子上枯坐，凝视着那突然变幻消退的海浪，我当时的表情一定是呆滞到极点，沮丧之至，上帝（如果有的话）肯定从他的镜头中看到过这种表情（因为他的事业就是拍电影）——他妈的，我讨厌写作——我所有的把戏都裸露着，甚至这种想法本身也裸露在那儿，就像横陈在床铺之上——大海似乎在朝我呼号：“追随你的欲望吧，别在这儿瞎逛！”——因为大海与上帝一样，上帝没有让我们闷闷不乐地忍受痛苦，为了记下大海毫无意义的声音在寒冷的午夜到海边枯坐，他毕竟给了我们自力更生的工具，让我们经过糟糕而短暂的此生而直达天堂，这也许是我的希望——可是一些像我这样的苦命人甚至都没听说过，当它来到身边还觉得不可思议——啊，生命至少是通往天堂的一扇门、一条路、一条线，为什么不为开心而活，为快乐而活，为爱而活，为火炉边的某个女孩而活，为什么不遵从内心的欲望开怀大笑……可是我从海边跑开了，再没有回去，没带走那个秘密：它不希望我在那儿，我坐那里看上去像个

---

① Julian，原型为卢西恩·卡尔（Lucien Carr）。
② St. Francis（1182—1226），方济各会（又称“小兄弟会”）的创办者。

傻瓜，大海有它的波浪，男人有他的壁炉，如此而已。

这是导致我后来发疯的第一个暗示——我离开小木屋搭车回旧金山，看到了大伙。我厌倦了木屋里的食物（忘了带果冻，在树林里吃完油乎乎的熏肉和玉米之后就需要来点果冻，每个在林中生活的人都需要果冻）（或者可乐）（或者别的什么）——不过也该离开了，我现在都害怕海边那碘味浓郁的大风，也厌倦了木屋的生活，我把价值二十美元现成的食物留下来，撒在木屋门廊下的大木板上，让蓝鸟、浣熊、老鼠，还有所有的伙计们来吃，我打起背包，走——不过走之前我意识到这不是我的木屋（这是我发疯的第二个征兆），我没有权力把蒙桑托的老鼠药藏起来，可我一直这样做，还给老鼠喂吃的，我刚说过——于是我就像个负责任的借宿客人一样，让老鼠药盒的盖子敞着，只是把那只盒子放到了架子顶上，这样谁也不会怨我了——然后就这样走了——可是我不在的时候，可是——你明白吧。

一〇

"寂寂断见闻，荡荡心无著"，正如惠能[1]所说，我像傻瓜一样欢蹦乱跳地撤退了，背着布包，过了三个星期实际上只有三四天无聊的日子后，充满渴望地返回城市——"出门时开心，返回时伤心。"多玛斯·耿稗思[2]在谈到出去寻欢作乐的傻瓜时这样说。那些傻瓜像高中学生一样，星期六晚上匆匆忙忙风风火火走过人行道，走到车前整整领结搓搓手，热情高涨，充满期待，结果不过是星期天早晨在乱糟糟的床上睡眼蒙眬地醒来，反正妈妈会来收拾——我走出幽灵般的峡谷，踏上海岸公路时感到一切真美好，我就站在拉顿峡谷大桥的这一边，他们在那儿，成千上万的旅行者在高高的弧线上缓缓经过，看到大海冲刷侵袭加州海岸的巨幅蔚蓝色画卷时，不禁兴奋得乱叫——我觉得很容易就能搭到去蒙特利的便车，到了那儿再乘公交车，天黑的时候就能到旧金山，然后我就和大伙一起饮酒狂欢、放声喊叫，我觉得那时候戴夫·韦恩肯定回来了，科迪[3]也做好了聚会的准备，而且肯定有不少女孩，等等等等，完全忘记了三周前我是因为对肮脏的城市生活感到恐惧才逃离那里——可是大海不是告诉我逃回自己的现实中吗？

这里真美，尤其是抬头向北望去，只见无限辽阔的海岸线蜿蜒绵长，内陆的山脉在静静飘荡的云朵下做着美梦，颇像古老的西班牙美景，或者更确切地说就像是地道的西班牙风格的加州景致，老蒙特利的海盗海岸就在那里，你会明白西班牙人乘着豪华壮丽的单桅帆船转过海湾时，看到了白色门垫一样的沙滩，以及延伸出去的沉睡的沃土，那时他们脑子里在想什么——简直是黄金之地——老蒙特利、大瑟尔和圣克鲁兹的魔力——于是我自信满满地调整了一下背包的带子，开始了一路跋涉，同时回头张望准备搭车。

这是几年来我第一次搭便车，可是很快我就明白美国的世态已变，根本就搭不到车了（像海岸公路这样有着严格限制的旅游公路上根本不允许有卡车或货车，搭车自然就更加困难）——狡猾的长旅行车一辆接一辆呼啸而过，车身是五颜六色，凡是画笔所能调兑的色彩都展现出来，比方粉色、蓝色、白色之类，丈夫坐在驾驶位上，头上戴着长长的、滑稽的度假帽，长长的帽舌使他看上去傻乎乎的，像个白痴——旁边坐着他的妻子，真正的老大，戴着深色的墨镜，一脸不屑的表情，就算他想带上我或者别的什么人，她也不会同意的——后面的座位里是孩子，孩子，成千上万的孩子，什么年龄都有，他们打闹着、尖叫着争抢冰淇淋，他们把冰淇淋弄得格子坐垫上到处都是——根本没有搭车人的地方，尽管你觉得他们可以让这个可怜的混账像个驯服的持枪歹徒或者默不作声的谋杀犯一样待在后备厢里就行，可是后备厢没地方，唉！那里放着成千上万套干洗过，而且经过仔细熨烫的各种尺码的套装和裙子，就为了他们每次在路边停下来去买熏肉或鸡蛋时装扮自己，让别人以为他们是百万富翁——只要那个老男人的裤子前面出现一点点褶皱，就会有人叫他从后备厢里取出一条崭新的休闲裤换好后再继续开车，真

---

① 禅宗六祖惠能（638—713），在圆寂时对弟子说了一首偈语："兀兀不修善，腾腾不造恶，寂寂断见闻，荡荡心无著。"

② Thomas à Kempis（约 1380—1471），德国隐修士，曾著《师主篇》。

③ Cody Pomeray，原型为尼尔·卡萨迪（Neal Cassady）。

凄惨啊，尽管他也许暗暗希望今年的假日可以独自一人，或者跟他老伙计一起去钓鱼，重温一下过去的好时光——可是现在，就是十九世纪六十年代，家长教师联谊会[1]却成功压制了他的每一个欲望，他没有工夫再渴望到双心河边钓鱼，穿着又旧又肥的大裤衩在帐篷里放着鱼线——或者夜晚拿着威士忌在篝火边痛饮——现在是汽车旅馆的时代，是免下车路边餐馆的时代，餐巾纸都给你送到车里来，回程之前也可以叫人把车洗干净——如果他想在美国找个宁静幽僻的路段探险的话根本就没门。戴着深色墨镜轻蔑冷笑的女士现在是领航员，她坐在那儿，对从前那种印着蓝色路线的公路地图嗤之以鼻，那是戴着领结的快乐的行政官员分发给同样戴着领结的度假者的（已经走了很远的路还戴着），可是现在的度假时尚是穿运动衫、戴长舌帽、深色墨镜、紧身裤，还有婴儿在金油里浸泡过的第一双鞋在仪表盘那儿晃来晃去——于是我站在那条路上，背着可怜的大背包，可能脸上还带着恐慌的表情，因为我曾坐在巨大的黑色悬崖下的海岸上度过了那许多的夜晚，他们觉得我与他们对假日的所有幻想都格格不入，因此当然不会停下来——我敢说那天下午有四五千辆汽车从我身边开过，没有一辆动过停下来的念头——可我并不因此烦恼，因为第一眼看到通往蒙特利的壮丽绵长的海岸时，我就想："那就徒步去吧。不过是十四英里，并不是什么难事。"——而且一路上能看到许多有趣的事情，比如海豹在下面的岩石上咆哮，或是公路对面的小山上用圆木搭建的古老农庄，或是陡然向上铺展开来的梦幻般的海边草地，牛群在那里优雅地吃草，

① Parent-Teacher Association，略作 PTA。

背景是一望无际的蔚蓝色太平洋——可是因为我穿着鞋底特别薄的沙漠靴，而阳光又把柏油马路晒得滚烫，热气最终从薄薄的鞋底透进来，于是我的脚开始起水泡——我一瘸一拐地走着，琢磨到底是怎么回事，接着我意识到是脚上起了水泡——我从背包里拿出急救包，给脚涂上油膏，粘上鸡眼贴，继续前行——可是沉重的背包和炽热的路面使水泡的疼痛愈发剧烈，最后我终于明白，我要么搭个便车，要么就永远别想去蒙特利。

不过游客们都觉得奇怪，他们不知道是怎么回事，只是觉得我背着背包快乐地远足，于是他们继续开车，就算我伸出拇指也不停——我绝望极了，因为我确实束手无策，那时我已经走了七英里，可前面还有七英里啊！我却一步也迈不动了——我还渴得要命，可是路上连个加油站的影子都没有——我的脚毁了，烫得全是泡，这一天成了不折不扣的受难日，从早上九点到下午四点，我艰难地走过了九英里的路程，这时我不得不停下来，坐在路边擦脚上的血——擦完再把脚塞到鞋里继续上路的时候，我只能像贝比·鲁斯[①]似的用脚尖点地，一跳一跳地往前走，每一步都歪歪扭扭的，因为我不想把水泡压得太疼——于是游客们（太阳开始下山游客也渐渐少了）可以清清楚楚地看到公路上有个人背个大背包，一瘸一拐地走着，希望能搭个便车，可他们依然怕他是好莱坞电影里藏着枪的搭车人，而且他背上还背着个大包，就好像刚从古巴战场上逃出来似的——可是我说了，我并不怪他们。

过往的汽车中唯一可能搭载我的汽车却开往相反的方向，是开

① Babe Ruth（1895—1948），美国职业棒球运动员。

往大瑟尔的，是那种稀里哗啦乱响的破车，里面坐着个块头很大留着大胡子的民歌手，唱着“南部海岸是孤单的海岸”，他朝我挥了挥手。最后终于有一辆小卡车停了下来，在前面五十码的地方等我，我忍着刀刺一般的剧痛，一瘸一拐地跑过去——那家伙还带着条狗——他打算把我带到下一个加油站，然后就不管了——可是当他听了我脚的情况后直接把我送到了蒙特利汽车站——只是出于善意——没什么特别的原因，我也没因为脚的情况提出特别的请求，只是提了一下而已。

我说请他喝啤酒，可是他要赶回家吃晚饭，于是我走进汽车站，洗洗换换又收拾了一下，把书包存进有锁的柜子里，买了张车票，然后静静地、一瘸一拐地走进蒙特利那笼罩着蓝色薄雾的夜色中，我觉得自己像羽毛一样轻盈，像百万富翁一样开心——这是我最后一次搭便车——而“禁止搭车”就是一种迹象。

一一

另一个迹象就出现在旧金山。我在那里的贫民区一间破旧不堪的旅馆里美美睡了一夜后，到蒙桑托的“城市之光”书店找他，他看到我很开心，笑着说：“我还打算下周末去看你呢，你在那儿等着多好，”可他的表情分明像掩饰着什么——屋里只剩下我们俩的时候，他说：“你妈妈来信说你的猫死了。”

一般情况下死一只猫在大多数人看来是小事一桩，对极少数人来说是重大事件，可是对我来说，那只猫的死毫不夸张、千真万确、绝无虚言相当于我亲兄弟的死——我用全部身心去爱“小淘气”，它是我的宝贝，它小时候就在我手心里睡觉，小脑袋耷拉着，或者只是喵呜喵呜叫几声，一连几个小时，我就这样一直带着它，不管走路还是坐着——它就像绕在我手腕上的一块松软的毛皮，我就把它缠在手腕上，要不就让它搭在我身上，它就喵呜喵呜地叫，后来它长大了我还是这样带着它，我甚至能够伸展双臂，双手把这只大猫举过头顶，而它还是喵呜喵呜叫，完全信任我——我离开纽约到树林中隐居的时候认认真真吻了它，告诉它要等我回来，“小猫咪等我回来”——可是我妈妈在信里说我离开后的那个晚上它就死了！——也许你自己看看这封信就能理解我的感受了：

一九六〇年七月二十日，亲爱的儿子，恐怕你读了这封信会很难过，因为我现在只有一个悲哀的消息要告诉你。我真不知道怎么说才好，不过亲爱的，你一定要坚强。我自己也像从地狱里走了一遭那样痛苦。“小淘气”走了。周六整整一天它都挺好的，看起来挺有精神，可是深夜的时候，我正在看电视中的午夜电影，大概就是凌晨一点三十分，它开始打嗝和呕吐。它浑身发抖，好像很冷的样子，于是我就把它放在毛毯里轻轻拍它，可是它却吐了我一身。那是它做的最后一件事。不必再说我感受到的痛苦和经历的煎熬了。我一直睁着眼守到天亮，用尽一切办法想让它醒过来，可是什么都没用。凌晨四点钟的时候我意识到它的确是走了，于是六点钟时我用一条干净的毯子将它整整齐齐地包好——七点钟我出去为它挖掘坟墓。我一生中做任何事都没有像埋葬我心爱的“小淘气”这样心碎欲裂，在我看来它像你我一样有人性。我把它埋在栅栏角落的金银花藤下面。我真是寝食难安。我一直朝外张望，希望看到它喵呜喵呜地叫着从地下室的门里走出来。我真是难受极了，而且埋葬“小淘气”的时候发生了最怪异的事情，我整个冬天都在喂养的黑山鸟仿佛知道发生的一切。亲爱的儿子，我一点也没有夸张。许许多多的黑山鸟在我头顶飞来飞去，叽叽喳喳叫着，然后停在栅栏上，“小淘气”入土安息后整整一个小时它们就待在那儿——这件事我永远都不会忘记——真希望那时我用相机拍摄下来，不过只有上帝和我知道这件事，看到了这件事。亲爱的，我知道这会使你伤心，可我必须得告诉你……我非常难受，身上难受，心里更难受……我无法相信、也不愿相信我那可爱的“小淘气”已经不在了——我再也看不到它从自己的小“棚屋”走出来穿过青青的草地……又及：我必须把“小淘气”的棚屋拆掉，我真的无法忍受再到那里时看到它空空的样子——真受不了。亲爱的，我会再写信给你，你好好照顾自己。向真正的“上帝”祈祷——爱你的老妈。

所以当蒙桑托准备告诉我这个消息时，我正坐在那儿开心地微笑着，所有从那漫长的孤独中摆脱出来的人都会这样笑，不管是从孤独的森林生活中脱身还是从医院的病床上回来。砰，我的心猛地一沉，那种下沉真的就像我在海岸边做不幸的深呼吸一样，带着奇怪的白痴般的绝望，所有不祥的预兆都交织在一起。

蒙桑托看到我伤心欲绝，他看到我浅浅的微笑（我一到蒙特利就因为摆脱孤独回到世俗生活而带上了这种微笑，我走在街上，觉得眼前的一切都带着呆滞茫然的蒙娜丽莎式微笑）——他看到那种微笑慢慢消散，变成了伤心与懊恼——当然他并不理解，因为我没告诉过他，现在我也不想告诉他，我和这只猫的关系与我从前那些猫总是有点不太一样：我对猫有种心理认同，总觉得它们与我死去的哥哥吉拉德有关，是吉拉德在我三四岁的时候教我爱上了猫，那时我们总是趴在地板上看它们舔牛奶——“小淘气”的死其实就是我小兄弟的死——蒙桑托看我那么沮丧就说：“也许你应该回到小木屋再待上几个星期——不然你又该往醉里喝了”——“我又要往醉里喝，没错”——因为不管怎样，那么多事情都在酝酿中，每个人都在等待，在树林中我做了上千次疯狂派对的白日梦——事实上在我最喜爱的城市、最令人兴奋的旧金山市听到“小淘气”的死讯，未尝不是件幸运的事儿，如果它死的时候我在家，我可能会以截然不同的形式疯掉，可是尽管现在我跟伙计们出去喝个酩酊大醉，而且喝着喝着那种有趣的淡淡笑容就会回到脸上，可是之后又会消散殆尽，因为微笑本身就让人想到死亡，这个消息让我在狂欢了三个星期后还是发了疯，在海边的圣卡罗琳那最可怕的一天，我现在依然这么认为慢慢地将我占据——这一切的混乱都需要我来解释。

不管怎样，这期间可怜的蒙桑托这个文人想告诉我一些写作的新闻，再给我讲讲大伙都在做什么，让我高兴起来，接着费根[①]到书店来了（下楼来到蒙桑托那张老旧的活动书桌前，我又感到懊恼不已，因为我年轻时候的梦想就是做一名站在书桌后的文学经纪人，这个形象是我父亲和我作为作家两个形象的结合体，而蒙桑托绝没有想到，他就这么轻而易举地实现了）——蒙桑托有宽阔的肩膀、大大的蓝眼睛、迷人的玫瑰色皮肤，脸上还挂着永恒的微笑，因此他在大学里赢得了“笑面人”的称呼，而且让你总感觉这微笑“是真的吗？”直到你觉得要是蒙桑托哪一天不这么微笑了，这世界该如何是好——这种笑容与他融为一体，密不可分，你无法相信它会消失——说呀说呀说呀，不过我告诉你，他这人真的特别不错，但现在他怀着男子汉的同情心，真的认为我要是感觉这么糟糕的话就不应该继续沉溺于狂欢与放纵。“无论如何，”他说，“你应该过些日子再回来，是吧？”——“好了洛瑞。”——“你还写东西吗？”——“我写下了大海的声音，我给你好好讲讲——那三个星期是我这辈子过得最快活的日子，他妈的现在又发生了这事，可怜

① Ben Fagan，原型为菲利普·沃伦（Philip Whalen）。

的‘小淘气’——你应该见过它吧，那只漂亮的波斯大黄猫，他们把这个品种叫花斑。”——“行了，你还有我那条叫荷马的狗呢，对了，阿尔夫怎么样了?”“圣骡阿尔夫，哈哈，它下午的时候站在小树林里，你要是突然出现在它眼前它会害怕的，可是我总去喂它苹果和碎小麦，什么都喂。”（动物们总是那么忧伤而坚忍，我一想到“小淘气”的眼睛和阿尔夫的眼睛就有这种想法。啊，死亡，我又想到那不可思议、令人厌恶的死亡也会降临在人类身上，是的，就连“笑面人”也不例外，可怜的笑面人，还有他那条叫荷马的可怜的狗，还有我们所有人）——我也觉得很沉重，因为我知道远在三千英里之外的妈妈没有了她的小密友，一个人在屋子里该有多么孤单难过（事实上后来我知道，一些愚蠢透顶的垮掉分子为了看我就把前门的窗玻璃打碎，把她吓得够呛，那个夏天她就忙着用家具把门顶住）。

可是本·费根那个老家伙正举着烟斗吞云吐雾咯咯地笑，真是的，干嘛拿你自己的烦恼骚扰成年男人和诗人呢——于是我和本，还有那个和他一样咯咯笑着抽烟的叫乔西的哥们一起去酒吧（酒吧叫“迈克的地方”）慢慢喝了几杯啤酒，毕竟一开始我就发誓不会喝醉，我们甚至还去了公园，在暖暖的阳光下聊了很长时间，可在这城中之城，阳光最后总会变成舒适凉爽、弥漫着薄雾的黄昏——我们坐在宽阔的意大利白色教堂的公园里看着嬉戏的孩子和路上的行人，不知为什么我看到一个金发女郎匆匆走过，便呆呆地想着“她要去哪儿？她是不是有个当水手的秘密情人？她会不会只是去办公室加班把字打完？本，要是我们知道每个走过的人要去哪里，要开哪扇门，去哪个饭店，赴什么秘密的浪漫约会”。——“听起来似乎林中的日子使你对生活积蓄了太多的精力和兴趣。”——本当然明白，因为他也曾孤身一人在荒野中过了几个月——本这老伙计，比五年前我们更为疯狂的达摩流浪时期瘦多了，事实上也更憔悴了，不过依然是那个熬夜到很晚，对着楞伽经文动情地咯咯笑，并且写下关于雨滴的诗歌的老伙计——他非常了解我，他知道我今夜会喝醉，然后连续几个星期都醉醺醺的，我一般都是这个样子，几个星期后的一天，我会耗到筋疲力尽，跟谁也没力气说话，他就会来看我，坐在我旁边一声不吭地抽烟，我则躺在那儿睡觉——他就是这样的伙计——我想跟他说说“小淘气”的事儿，可是有的人爱猫有的人不爱，虽然本的家里也养着一只小猫——他家的地板上通常放着一个草垫子，上面放着一个软垫，他经常盘着腿坐在上面，旁边放着热气腾腾的茶壶，他的书架上放满了斯泰因、庞德还有华莱士·史蒂文斯的书——他是个奇怪又安静的诗人，刚刚开始被公认为前途美好的隐居圣人（他有一句诗是这样的：“当我离开城镇时我所有的朋友都大醉而归”）——我如今正在通往大醉的路上。

不管怎样，戴夫·韦恩回来了。说到戴夫，我就好像看到他搓着双手，满怀期待地要和我纵情畅饮，就像去年他从西海岸开车送我回纽约，同行的还有乔治·巴索那个矮小的日本禅师，同时也是爵士乐手，他盘着腿坐在戴夫的吉普车（威利吉普）后面的坐垫上，那次旅行真是棒极了，我们途经拉斯维加斯、圣路易斯，中途在昂贵的汽车旅馆前停车，一路都举着瓶子喝最好的苏格兰威士忌——这是去纽约最好的方法，我本来可以花上一百九十美元坐飞机去——戴夫从没见过了不起的科迪，他期待着与他见面——于是我和本离开了公园，沿着哥伦比亚大街慢慢朝酒吧走去，我头一次点了双份的波本威士忌和姜汁啤酒。

外面奇异美妙的玩具街上灯光摇曳，我能感到快乐从我的灵魂中升腾——我带着清晰刺骨的爱与痛，想起了大瑟尔，甚至还有“小淘气”的死。我以为这些痛足以让我应对一切，可是我还没意识到即将发生的更残忍痛苦的事情——我们打电话给刚从里诺[1]回来的戴夫·韦恩，他一路喋喋不休地开着他的吉普车来到酒吧。他开车技术非常高超（他曾经是出租车司机），路上一直说个不停，而且从来不犯错误，事实上开车开得跟科迪一样棒，尽管我想不出还能有谁开车技术比科迪还要好。第二天我就问了科迪这个问题——可是这个老司机忌妒心还挺强，总是互相挑刺，抱怨不停：“哎呀，你们那个戴夫·韦恩转弯的方法不对，他太不用心，有时候甚至还拉了一下刹车，而不是利用加速度沿着原来的弧度走，老兄你得利用那些弧度”——很明显到了这个时候，顺便插一句，关于接下来决定命运的三周要说的实在太多，简直不知道从哪儿说起。

事实上，这就像人生——一切都是那么复杂！——“小矮子乔治·巴索那个家伙怎么了，兄弟？”——“小矮子乔治·巴索在图莱里[2]外的一家医院里得了肺结核快死了。”——“天哪，戴夫，我们去看看他吧。”——“没错先生，我们明天去。”——戴夫一般是没钱的，可是没关系，我有的是，第二天我出去用旅行支票兑了五百美元，这样我和戴夫那个老伙计就能好好开心一下了——戴夫喜

① Reno，美国有名的“离婚城市”，在内华达州西部，凡欲离婚者，只需在该市住满三个月，即可离婚。
② Tulare，美国加州的一个小镇。

欢好吃的好喝的，我也一样——可他还从里诺带回来一个小孩子，名叫罗恩·布莱克，他大概十多岁，长得很好看，一头金黄的头发，他想成为一名像查特·贝克[①]一样煽情的歌手，来的时候一副万事不关心的颓废表情，这种样子要是在五年或十年，甚至二十五年之前还挺正常，可现在已经二十世纪六十年代了，那只算是做作的姿态，事实上我觉得他是个骗子，来骗戴夫的（为什么骗他，我不知道）——可是戴夫·韦恩这个四肢修长的红头发威尔士人就喜欢开着他的威利吉普去俄勒冈州北部的罗格河钓鱼。他知道那里有一个废弃的矿营，要不就喜欢在沙漠里的公路上乱转一阵，然后突然又出现在城里，喝个烂醉，他自己是个了不起的诗人，也许身上有某种东西是那些十来岁的嬉皮士小青年想模仿的——比如他是世界上最棒的演说家之一，而且特别风趣——这点容我慢慢道来——正是他和乔治·巴索偶然发现了那个绝妙而简单的事实，就是每个美国人都带着个脏屁股走来走去，每个人都是，因为如厕后用清水冲洗的古老仪式从现代所有的消毒手段中消失了——戴夫说："美国人就像你说的，在旅行时带着一堆一堆干洗过的衣服，全身都洒满了古龙香水，他们用邦迪什么的消毒，连腋窝也不放过，他们看到衬衣或裙子上有个污点就惊讶地大嚷大叫，可能一天换两次内衣和袜子，他们走到哪儿都一副目中无人傲慢无礼的样子，觉得他们是世界上最干净的人，可是他们却带着个脏屁眼到处转——这不让人惊异吗？把奶嘴给我吸点！"他边说边伸手来拿我的酒，于是我又要了两杯，我刚才听得全神贯注的，戴夫在任何时候都可以点他

---

① Chet Baker（1929—1988），冷爵士小号演奏家，爵士歌手。

想喝的任何酒。“上到美国总统，那些大部长们，那些随处可见的大主教、大头头、大人物们，下到工厂最底层的带着强烈自豪感的工人们，电影明星们，经纪人和大工程师，还有律师业的大院长们，广告公司的大老板们，都穿着丝绸衬衫，打着领结，拎着昂贵的旅行包，里面放着各种各样昂贵的英国进口发刷、刮胡刀、头油和香水，可是他们走到哪儿都带着个脏屁眼！你只要用肥皂和水洗洗不就行了嘛！可是在美国就没有任何人这样做！这是我听过的最好玩的事儿了！他们总把我们叫做脏兮兮不洗澡的垮掉分子，可是我们才是唯一的屁眼干净的人，你想想看，这简直太绝了！”事实上对屁眼的攻击很快蔓延开来，我和戴夫认识的每一个人，从东海岸到西海岸都投身到这场伟大的运动中来，我必须承认这场运动真是不错——事实上在大瑟尔我就在蒙桑托的厕所里安装了个架子，上面必须放的东西就是肥皂，每个人去那里都必须带上一罐子水——蒙桑托还没听说过脏屁眼的事。“你是不是觉得等我们告诉可怜的大作家蒙桑托他带着个脏屁眼到处走的时候他才会那么做？”——“我们现在就去告诉他吧！”——“干吗呀，当然，等等再说吧……可是你知道人们带着脏屁眼到处走到底会怎么样吗？那会让人们在打哈欠时有负罪感，可他们却对此浑然不觉，他们早晨打理得干干净净去上班，在通勤列车上全是刚刚干洗过的衣服和古龙香水的味道，可是总有件事让他们不安，有什么不对劲的地方，他们知道有什么不对劲，可是就不知道到底是什么！”——我们立刻冲去街角的书店去告诉蒙桑托。

这时候我们感觉越来越棒——费根要走了，说着他那句最有特色的话：“好了，伙计们上啊，痛快地喝去吧，我要回家洗个热水澡，拿本书度过一个安静的夜晚。”——他的“家”也是戴夫·韦恩和罗恩·布莱克住的地方——所谓的“家”就是一幢位于旧金山黑人区边上的一栋四层老房子中的出租客房，戴夫、本、乔西还有一个名叫兰尼·梅多斯的画家，一位名叫帕斯卡的疯癫的法裔加拿大酒鬼，以及一个叫约翰逊的黑人，他们分别住在不同的房间，屋里胡乱堆放着帆布背包、地毯、书和衣服，每个星期他们都轮流出去买东西，回来后在厨房做好供大家一起吃的一大桌饭——这十个或十二个人分摊租金，轮流做饭，这样他们总算过上了舒适的生活，开疯狂的派对时也有女孩子跑来，人们都拿着酒瓶，据说一周至少要花掉七美元——这地方真是好极了，不过同时也有些疯狂，事实上整群人都很疯狂，因为画家兰尼喜欢音乐，所以尽管他在后面的房间里放唱片，可是却在厨房里安装了高保真扬声器，因此当天做饭的厨师正专心致志地做蔬菜烩肉的时候，头顶上会像恐龙到来般突然响起斯特拉文斯基①的乐曲——到了晚上则是酒瓶不停碰撞的派对，通常由帕斯卡做总监，他可是个招人爱的孩子，不过一喝起来就发疯——事实上这就是一个精神病院，而且恰恰就是记者所描绘的“垮掉的一代”的形象。不过对于年轻的单身汉来说，这是一个无伤大雅又令人愉快的方式，长远来看也是一个不错的主意——因为你不管冲进哪个房间都能找到专家，比如跑到本的房间问他：“嗨，菩提达摩②是怎么教二祖的?”——“他说去你妈的，

① Igor Stravinsky（1882—1971），美籍俄罗斯作曲家、钢琴家、指挥家。

② Bodhidharma（活动时期公元6世纪），通称达摩，是中国禅宗的始祖。凯鲁亚克曾著《达摩流浪者》，小说描写一个没有“悟性”的佛教追随者、主人公雷蒙进行着近乎禅僧修业式的全国各地漫游，途中他遇到先行者贾菲，便跟随他漫游险峻的山川。该书为“垮掉的一代”确立的文学版图平添些许东方色彩。

外息诸缘，内心无惴，心如墙壁，可以入道。”——“所以他就出去在雪里倒立?”——“不是，你都搞混了。”——或者你跑到戴夫·韦恩的房间里，他正盘腿坐在地板上的垫子上读着简·奥斯丁的小说，你问他：“怎么做牛肉炖蘑菇最好吃啊?”——“牛肉炖蘑菇很简单，你只需要一锅煮得很烂的牛肉炖洋葱，把它放凉之后，就把蘑菇放进去，最后是放很多酸奶油，一会儿我下去给你示范一下，等我读完这一章，这小说太棒了，我想看看接下来怎么了。”——或者你来到黑人的房间，问他能不能借下他的录音机，因为杜洛兹、麦克李尔[1]、蒙桑托，还有几个新闻记者在说话，他们的谈话可有趣了——因为厨房也是主要的聊天室，大家都坐在凌乱的盘子和烟灰缸中间，各种各样的访客都会来——比如说，去年有个十六岁的漂亮日本女孩到这儿来，仅仅是为了见见我，陪她一起来的是个中国画家——电话总是响个不停——甚至于流落在街角的疯狂黑人爵士乐手也会拿着酒瓶过来（爱德华·科尔和其他一些人）——那里有禅宗、爵士乐、酒瓶、酒壶，还有各种各样的东西，不过这些都被一个情景抹杀了（大概就是堕落颓废的想法），就是有一个“垮掉分子”在仔仔细细地粉刷他房间的墙壁，用的是纯净的白色，再把门框和窗框刷上亮丽精细的小红边——或者有人在打扫起居室。而像我和罗恩·布莱克这样的常客则在备用床垫上睡觉。

① Pat McLear，原型为迈克尔·麦格罗尔（Michael McClure）。

一二

可是戴夫和我都急着去见伟大的科迪，而他是我跑到西海岸来的主要原因。于是我们给他打电话，他住在距离圣塔克拉克谷地五十英里的洛斯加托斯，我听到他亲切而伤感的声音说："一直在等你呢老伙计，快来吧，不过半夜的时候我要去干活，所以得快点，你们可以在我干活的时候来看我，老板大约两点的时候就走了。我让你们看看，我的新工作就是翻新轮胎。我看看你们会不会带点什么小礼物，比如说女孩子什么的，开玩笑呢，快点来吧伙计——"

老威利在街上等我们，就跟平常一样，在那个快活的小个子日本人开的卖酒的商店对面，按照老规矩，我跑到那里买点保乐力加葡萄酒，或者苏格兰威士忌，或者别的什么好东西，而戴夫开着车在商店门口接上我，我坐前排，就是戴夫的右边，我从来都是坐在这儿的，就像可敬的塞缪尔·约翰逊一样，而其他也想一起去的人就得挤在的后面的垫子上（一张大垫子，座位搬出去了）。他们要不蹲在那儿，要不躺在那儿，而且一般情况下特别安静，因为如果戴夫掌握着威利吉普的方向盘，而我则抱着那些酒，我们再次出门旅行的时候所有的谈话就都来自前排——"天啊，"戴夫又开始快活地大叫，"就像回到了过去，杰克，嘿，老威利也曾经为你难过呢，一直等着你回来——现在我就向你展示一下这老威利年头越老越威风的样子，上个月在里诺我把它修整了一下子，要开喽，准备好没有威利？"——然后车开动了，这个特别的夏天美妙之处就在于前排座位坏了，戴夫开车的时候每动一下，这个座位就会轻轻地前后摆动——我就好像坐在门廊里的摇椅上一样，只是这个门廊会往前移动，而且还是个能坐在里面说话的门廊——而不是坐在门廊里看老头子们掷马蹄铁的游戏，当我们像鸟一样在哈里森街的斜坡上飞起来的时候，它就在马路中间的那条漂亮干净的白线上奔驰，这也是戴夫经常用来避开所有车辆以极快的速度逃离旧金山的小东西——很快我们就畅快地在美丽的四车道海滨公路上一路前行，驶向美妙的圣克拉拉山谷——不过我觉得很惊讶，才几年时间，这该死的地方就再也没有像劳伦斯城那样的洋李树林和大片的甜菜地，那时候我在南太平洋公司做司闸员，之后一段时间这里也曾很美，可现在取而代之的是长长的一排房子，绵延五十英里，一直延伸到圣何塞，洛杉矶就像一个巨大的怪物，耸现在旧金山南部。

一开始我只凝视着公路上的白线不断绕进威利车头的样子，觉得很是美妙，可是当我环顾车窗外的景色时，却只看到到处都是一望无尽的住宅建筑，还有新建的蓝色工厂厂房——戴夫说："真的没错，过不了多久人口爆炸就会占据美国所有房屋后院的每一寸土地，实际上他们还会在房屋上再他妈的一层层加高，然后再在上面垒上别的玩意，这就是你的城市、**城市、城市**，最后房子都有上百英里那么高，地图上不管东西南北，所有的房子都得伸到云彩里头去了。人们要是从其他的星球上用超高倍望远镜看地球，准会看到一个在太空中悬着的像刺猬一样的大球——一想到这个你才会觉得真是恐怖啊，就是我们胡侃瞎聊着都觉得可怕，我操，好几百万人和事不断地堆积，你几乎都无法想象，就像发疯的狒狒一样，我们都一个一个地摞在一起，要不就你压着我我压着你，不然还能怎么样，你说说——数百万饥饿的嘴疯狂地想争抢到更多，更多，更多——最悲哀的是这样的世界再也不能造就出真正的作家，就像你常常说的那种能够真真正正触摸到这种真实生活每一个细节的作家，一些作家能让你彻夜难眠，躺在月光下，躺在床上落泪，就是他妈的那种婴儿床似的东西，终于看透一切，到黎明时分读到最后那个该死的血淋淋的细节时，你的心会变得无比低落阴郁，完全被故事所左右，可是这时已经没有人在乎了，就像辛纳屈[①]的歌中唱的一样”（他用低沉的男中音唱道：“当无人在意的时候”，之后再继续唱下去）：——“一些严厉的清扫夫把这些清理得干干净净，杰克，我是说那种不可思议的绝望情绪，当席林在大清早往塞纳河里撒尿，以此来结束他的‘通向夜之尽头之旅’的时候，我那时却在想着，我的天哪，就是现在这个大清早的时刻，也许正有人往特伦顿河尿尿呢，还有多瑙河、恒河、冰冻的鄂毕河、黄河、巴拉那河、威拉米特河，还有密苏里州的梅里麦克河、密苏里河、尤马河、亚马孙河、泰晤士河、波河等，永远都他妈的没完没了，就像诗歌一样，根本就没有尽头，你知道吗？老和尚是人间最有智慧的，他说的大概是：‘宇宙中的星云亘古永存的年代久远得无法计量，比所有星系中的尘埃数量还要多，再乘以十亿光年的乘积，事实上我要是继续说下去，你肯定会被吓到，而且也无法理解，最后你会感觉无比绝望，直到倒地而死。’他在其中一本经书中就是这样说的——从宏观世界到微观世界，到死后世界，到微生物，直到最后你得到所有这些恢宏伟大的书，可是人甚至根本没有时间去读，在这个已经重重堆积的世界中你想做什么？说到这些堆积如山

① Frank Sinatra（1915—1998），美国音乐人，演员。

的书，你肯定会想到《诗经》、福克纳、塞查·皮罗多、莎士比亚、《萨帝利孔》、但丁，这些都是酒吧里的人讲的那些长长的故事而已，事实上那些经书，菲利普·西德尼、斯特恩、伊本·阿拉比、著作丰厚的洛佩·德·维加，还有那个他妈的就写了一本书的塞万提斯，嘀，接下来你还得想方设法去应对那些卡图卢斯们、大卫们，还有在贫民区听收音机的圣人们，因为他们身上也有数不尽的故事，你也一样。后排的罗恩·布莱克你给我闭嘴！要一件不落地说完简直太多了，就看有没有这个必要。难道你没想到‘虚无’这个词吗，呃?”（当然，他完整而精确地表达出了我的观点。）

为了证实这个世界繁多杂乱的看法，事实上在后面垫子上挨着罗恩坐着的斯坦利·波波维奇，就是来自纽约的那个斯坦利·波波维奇，和他漂亮的意大利女友一起突然来到旧金山，可没几天又要离开她去马戏团干活，他是个高大健壮的南斯拉夫小伙，曾在纽约经营过“七星艺术馆”，读过的垮掉派书籍也是不计其数，可现在跑到马戏团干活，他自己的经历本身就是完整的在路上的大作——够了，可就在这个时候他开始讲起了他在马戏团的工作——而科迪那个老家伙他的经历也包含着成千上万的故事——我们都觉得经历这本书太大了，我们跟不上它的步伐，我们都被生活包围，可我们从来都不懂生活，于是我们就痛饮瓶子里的苏格兰威士忌，好把全部生活聚集到其中，酒瓶空了我就赶紧下车去买，如此而已。

一三

可是在去科迪家的路上，我的疯病又开始不管不顾地以更怪异的方式展现出来，之前我曾提到，我看到过一个不吉利的预兆：我觉得我看到洛斯加托斯的上方有一个飞碟——大概在五英里远的地方——我远远望去，觉得那东西清晰可见，而且一直往前飞，于是就跟戴夫说了，戴夫只是轻轻瞟了一眼就说："咳，那不过是个无线电塔的尖顶罢了。"——这使我想起来，有一次我吃了一片酶斯卡灵后就把一架飞机当成了飞碟（这事儿真是奇怪，不过人只有疯了才会把这些事写下来）。

可是科迪那个老家伙待在他那美妙的乡下小屋的客厅里，坐在国际象棋棋盘旁边，为一个问题陷入沉思。他坐的地方正好在壁炉边，壁炉里火光明亮，那是他老婆生起的炉火，因为她知道我喜欢壁炉——她也是我的好朋友——孩子们在后面睡觉，大概是十一点钟吧，好心的老科迪又跟我握了握手——我已经好几年没见到他了，主要因为他被指控持有大麻而进了圣昆廷监狱，待了两年——他那天晚上正准备到铁路上去上班，时间很紧，可是他的驾照又刚刚因为超速而被吊销了，他看到两个留着小胡子、穿着蓝色牛仔的垮掉派分子停了车，便问他们能不能带他到铁路局，他会给他们两根大麻作为回报，他们答应了，然后就把他逮捕了——原来他们是便衣警察——就因为这宗大罪，他在圣昆廷监狱的一个小号子里跟一个持枪杀人犯待了两年——他的工作就是清扫棉纺车间——我觉得这会使他变得更加愤世，更加疯狂，可是结果却出人意料的绝妙，因为他变得更加安静、更加阳光、更加宽容、甚至更加友善——与我一起在路上的旧时光一去不返，那时的狂野之火已经渐渐熄灭，不过他的脸依然坚毅有力，每一块肌肉都灵敏柔韧，让人觉得他随时都可以重新上路——可是事实是，他爱他的家（他的家靠铁路保险维持，因为他有一次为了使一个车厢免于碰撞而弄断了腿），他以自己的方式爱着他的老婆，尽管他们有时也会吵架，他爱他的孩子，尤其是他的小儿子蒂米·约翰（这个名字有一半是随我的）——可怜的老家伙，善良的老科迪坐在棋盘旁边，希望立刻能跟人杀上一盘，不过他只能跟我们聊上一个小时就得出去挣钱养家了。他得冲到门外，把他的纳什漫步者汽车推上洛斯加托斯安静的乡村街道，跳上车，发动引擎，他唯一的抱怨就是这辆纳什车不推的话根本发动不起来——除此之外，这个高大伟岸富于理想的男人对社会再也没有什么尖刻的抱怨之辞，而且他还真心实意地爱我，就好像我真的值得他这样爱似的，不过我有一肚子的话想要说给他听，不只是关于大瑟尔的日子，还有以前那些年的事儿，可是每个人都自顾自地喋喋不休，我根本就没机会讲——其实我从科迪的眼睛里看到悔意，他也能从我的眼睛里看到悔意，我们都感觉最近没有机会交谈，不管谈什么都行，就像以前在路上的时候我们曾经开着车在美国自由穿行，现在有太多的人想跟我们聊天，给我们讲他们的故事，我们被重重包围，困在中间，寡不敌众——包围圈把旧日那些时代英雄牢牢困住了——可是他说："管他呢，伙计们，过来吧，先去那儿待会儿，等老板走了就过来看我干活，陪我一会儿，然后再回城去。"——我能看出戴夫·韦恩一下子就喜欢上了他，还有斯坦利·波波维奇，他一路跋涉而来就为了见见传说中的

"迪安·莫里亚蒂"——这是我在写《在路上》时给科迪起的名字——可是，哎呀，看到他丢掉了他很喜爱的铁路上的工作，我的心都快碎了。毕竟他从一九四八年起就在铁路干，积累了那么多经验，现在却沦落到翻新轮胎以及令人厌恶的假释走访——这一切都是因为长在得克萨斯的两根野生的疯草，是上帝让那草长在那儿的——

书架上摆着一张老照片，那是以前在阳光明媚的街上我和科迪手拉着手的样子——

我急不可耐地跟科迪解释前一年发生了什么，那时他的监狱宗教顾问邀请我到圣昆廷监狱的宗教课堂做个讲座——本来应该是戴夫·韦恩开车接我并站在监狱的高墙外等候，因为我必须独自进去，也许因为我衣服里会藏一小瓶提神的饮料（希望是这样）；我会被几个高大的卫兵领进监狱的讲堂，那里大概坐着一百来个囚犯，当然也包括科迪，他也许正无比骄傲地坐在前排——我的演讲也会一开始就告诉他们我自己也曾蹲过监狱的事儿，因此我根本无权对他们讲什么宗教——不过他们都是些孤独的囚犯，根本不在意我说什么——整件事本来都安排得井井有条，可是不管怎样，在那个隆重的早晨我却喝得烂醉，躺倒在地板上，等醒来的时候已经是下午，戴夫·韦恩也躺在地板上，威利车停在外面，要把我们带到昆廷去做演讲，可是已经太晚了——不过科迪却说："没事伙计，我理解。"——后来我们的朋友欧文[1]去了，在那儿做了演讲，不过对做这样的事儿，欧文都挺在行，他比我更善于交际，而且能够非

---

① Irwin Garden，原型为艾伦·金斯堡（Allen Ginsberg）。

常投入，他演讲时就是这样。他朗读了他写的最狂野的诗，搞得监狱差点被嗡嗡嗡的激动而亢奋的回声掀翻。我真是觉得应该派他去演讲，尽管我认为不管什么原因，只要在监狱里露一面就已经很有意义了——我把这个话告诉了正在为象棋的问题冥思苦想的科迪，他说："嘿，你又喝高了？"（要说有什么事能让他讨厌的话，那就是看到我喝酒。）

我们帮他把纳什汽车推到街上，接着我们喝了一会儿酒，又跟伊芙琳[1]聊了会儿天，伊芙琳是个金发美女，年轻的罗恩·布莱克想得到她，甚至连戴夫·韦恩也想得到她，可她的心却完全扑在别的事情上。她整个上午都在照料那些要去上学和上舞蹈课的孩子们。当我们都像傻瓜一样叽里呱啦大声叫嚷，想要引起她的注意时，她连一句话都没有。她唯一真正想做的就是与我单独在一起，谈谈科迪以及科迪最近的内心世界。

她还想说说科迪的情人比莉·达布尼威胁要把科迪彻底从她身边抢走的事，这事我之后再说。

于是我们真的来到圣何塞公路上看科迪翻新轮胎——他干活的时候戴着护目镜就像忙着锻造的火神伍尔坎一样，他力大无比，把轮胎扔到各个地方，好轮胎就高高地堆在一起，"这个不好"，就把它扔到一边，乒乒乓乓地，嘴里还喋喋不休地给我们上课教我们怎样翻新轮胎，戴夫·韦恩听得惊讶不已连声感叹——（"天啊，他居然什么都能干而且还边干边讲解。"）——不过我却只是提及了一个与之相关的事实那就是戴夫·韦恩现在明白我为什么一直特别喜

---

① Evelyn，原型为尼尔·卡萨迪的妻子卡罗琳·卡萨迪（Carolyn Cassady）。

欢科迪了——本来期望看到一个充满愤怨的犯有前科的罪犯可他看到的却是美国之夜中一位戴着护目镜的大义凛然的受难者凌晨两点时分在一家沉闷萧瑟的轮胎店里挥汗如雨而且还能充满风趣地不停地讲解逗得旁边的伙计们开怀大笑同时他还能像在T型台上表演一样把他谋生挣钱的活的每一个细节展现出来——飞快地跑去用把吉可螺丝刀把轮胎从汽车上卸下来，哐啷一声，把它扔到机器上，开启震耳欲聋的清洗机却还要大声叫嚷着为我们讲解，飞奔、俯身、投掷、剥皮，直到戴夫·韦恩说他觉得他这个时候要是不扯着嗓子叫嚷的话就得活活笑死。

于是我们开车返回到那个疯狂的寄宿之地，又大喝一通，然后我如同往常，像死过去一样地醉倒在屋里的地板上，早晨呻吟着醒来，与我在大瑟尔时门廊上那个干净的小帆布床相隔那么遥远——再也没有叽叽喳喳的蓝鸟将我唤醒，再也没有汩汩流淌的小溪，我又回到了牢笼般的城市。我被困住了。

一四

这里刺入耳膜的只有客厅里酒瓶乒乒乓乓乱碰的声音，以及可怜的莱克斯·帕斯卡扯着嗓子不停叫嚷的声音，这让我想起了一年前有一次杰瑞·瓦格纳[①]的未婚妻对莱克斯发起火来，在房间那头就把半瓶子葡萄酒嗖的一声扔了过来，把莱克斯的眼睛划伤了，后来她就乘船到了日本，在那里办了一个大型的禅宗仪式作为结婚典礼，还为此办理了一些跨海的证件，可是老莱克斯所收获的只有一个伤口而已。我在楼上的浴室里一边为他处理伤口一边说："你看，伤口已经不流血了，很快就好了，莱克斯。"他还骄傲地说："我也是法裔加拿大人。"当戴夫和我还有乔治·巴索准备开车回纽约时，他送给我一枚圣·克里斯托夫勋章作为临别的礼物——像莱克斯这种伙计真的不应该住在这种疯狂不羁的垮掉派的寄居场所，他应该隐居在牧场之类的地方，他充满力量，容貌俊美，对女人和酒有着不可遏制的疯狂欲望，有多少也不嫌多——于是酒瓶酒罐又开始碰撞。高保真立体声组合音箱开始播放贝多芬的《庄严的弥撒》时，我横卧在地板上睡着了。

第二天，早上我当然又是呻吟着醒来，可是这一天非常重要，因为我们要去山谷中的结核医院看望可怜的乔治·巴索——戴夫想让我立刻打起精神，就问我喝酒还是喝咖啡——我回来居然睡在本·费根的地板上，很显然我跟他滔滔不绝地讲佛教、佛教徒——一直讲到天亮。

已经够复杂了，可是现在突然又来了个奇怪的年轻小伙儿，名叫乔伊·罗森伯格，来自俄勒冈州。他像劳尔·卡斯特罗一样满脸胡子，头发也一直留到脖子，他曾是加利福尼亚高级中学的跳高冠军，他身高不过五英尺六英寸，却跳出了六英尺九英寸的高度，简直不可思议！他脚步轻盈地跳来跳去，也展示了他的跳高能力——真是奇怪，好好的运动健将却突然决定成为一名垮掉派达人，而你从他年轻的湛蓝眼睛里看到的却是一尘不染的纯净和真诚——他的眼睛那么纯净，你甚至都不会注意到他那狂乱的头发和胡子，而且虽然他穿的衣服破破烂烂的，但却让人感觉无比高贵（“新一代垮掉派公子哥之一”），麦克李尔几天后对我说：“你听说过这事吗？最近兴起一个奇怪的地下垮掉派团体之类的组织，他们都穿着超棒超时尚的服装，虽然可能也就是牛仔夹克配上宽腿裤，反正他们总是穿着又新奇又漂亮的鞋子或衬衫，要不就反着穿，再配上花里胡哨皱巴巴的裤子，脚上却穿着破帆布鞋。”——乔伊穿的那件就有点像棕色软布外套，也像个长罩衫之类的东西，他的鞋看上去像拉斯维加斯运动鞋——他看到我脚上破旧的蓝色帆布鞋，就是我在大瑟尔脚疼的时候经常穿的那双（那时候我的脚经常因为走崎岖的山路而疼痛），他想把鞋据为己有，用时髦的拉斯维加斯运动鞋（皮鞋是浅色的，皮质朴实厚重）跟我换那双傻里傻气、又小又紧，但却堪称完美的帆布鞋。事实上我还穿着它，是因为走山路留下的水泡还阵阵作痛——于是我们就换了——我向戴夫·韦恩询问他的情况，戴夫说：“他真的是我认识的最古怪、最招人喜爱的家伙，我听说是一周前才露的面，我们问他想干什么他从来不回答，就是笑

---

① Jarry Wagner，原型为加里·斯奈德（Gary Snyder）。

笑——他就是那种想搞清一切的人，只是静静旁观，暗暗欣赏，却不作只字的评论——如果有人对他说‘我们开车去纽约吧’，他就一声不吭立刻跳起来就走，像是去朝圣一般，瞧吧，真是年轻气盛啊，我们这些老家伙们真该跟他学学，还有信念，他就有信念，从他眼睛里就能看出来，无论到哪里他都有信念支撑，我觉得他就像耶稣一样，能带任何人上路。”

奇怪的是，在后来的白日梦中我想象自己走过广阔的田野，在阿肯色州寻找一群奇怪的朝圣之人，戴夫·韦恩坐在那儿说：“嘘，他睡着了。”“他”是指乔伊，所有的门徒都跟着他朝纽约方向前进，他们希望沿水路继续前行，直到到达彼岸——当然（甚至在我的白日梦中）我对此嗤之以鼻根本不相信（这只不过是我经常做的那种白日梦罢了）。可是早晨当我凝视乔伊的眼睛时，我立刻意识到就是他，他就是耶稣，因为任何人（根据我的白日梦法则）只要凝视了他的眼睛就会立刻转变信仰坚定跟随——于是白日梦仍在继续，最后演变成牵强附会的冗长故事，结尾处我想到的是 IBM 的机器试图摧毁这次“基督再世”什么的（而且事实上，几个月后我觉得他的鞋给我带来了霉运，就把它们丢进了房子后面的垃圾桶，我希望我依然拥有那双脚趾处已经磨出小洞的蓝色帆布鞋）。

不管怎样我们带着时刻跟随在戴夫左右的乔伊和罗恩·布莱克到书店去看蒙桑托，这是我们的常规仪式，之后又转过街角去了迈克的酒吧，在那儿我们从上午十点开始吃东西、喝酒，还在吧台边的桌子上打了几盘台球——乔伊赢了。他是你从未见过的另类台球高手，他留着长长的《圣经》式发型，弯下身流畅平稳地推动球杆，手型极为专业自信，所击之球径直穿越长长的球台落入网中，真的就像耶稣在打台球——同时那三个饿坏了的家伙把所有的食物都打包吃光了！——他们并不是每天都跟一个舍得为他们挥霍几百块钱、喝得醉醺醺的小说家在一起，因此他们什么都点，意大利面、巨无霸汉堡，接着是冰淇淋、馅饼和布丁，反正戴夫·韦恩也有惊人的食量，于是又点了曼哈顿酒和马提尼酒，放在他盘子旁边——我则在一旁豪饮我那如生命般重要的双份波旁威士忌和姜汁啤酒，过不了几天我又会因此而悔恨。

每个酒鬼都知道步骤如何：头一天喝多了你还觉得没什么，第二天早晨你就会觉得头痛难受，然后你可以再喝几杯，再吃上点饭，就轻而易举地把头痛制止了，可是如果你拒绝吃饭，到了晚上又继续痛饮，醒来后还继续狂饮不停，持续到第四天的时候，你就会发现喝酒对你已经不再起什么作用了，因为你身体中的化学成分已经过量，你必须得用睡觉来解决问题。可是你却再也睡不着了，因为前五天完全是靠酒精才睡着的，于是开始出现幻觉和精神错乱——无法入睡、大汗淋漓、浑身颤抖，因虚弱而不断呻吟，胳膊麻木，什么也干不了，噩梦（关于死亡的噩梦）……唉，后面出现的症状还有更多。

中午时分对我来说是迷迷糊糊新一天的黄金时刻，我们和戴夫的女朋友罗玛娜·斯瓦茨在一起，她是个高大的罗马尼亚女妖，身上有种特殊的美（我是说她有双紫色的大眼睛，而且非常高大，不过是指梅·威斯特[1]的那种高大），戴夫在我耳边悄悄说："你应该看看她穿着紫色内裤在禅东堂里走来走去的样子，除了内裤什么也

① Mae West（1893—1980），好莱坞性感女星。

不穿，住在那儿的一个已婚男人每次看到她走进大厅都很抓狂，可我并不责怪他，你也不会吧？她不是想引诱他或者别的什么人，她只是个裸体主义者，她信仰裸体主义。哦，老天哪，她说到做到！”（禅东堂是另一处垮掉派的住所，可它是给所有已婚、单身，以及一些小型波西米亚式家庭准备的，各色人种都学习苏布派[①]什么的，我从没去过那儿）——不管怎么说，她是个不折不扣的深肤色美女，令人垂涎欲滴，你可能会觉得她像世界上任何一个饥渴滥交的性奴隶，可是她还特别聪明，读过很多书，会写诗，是个禅宗派的弟子，她什么都懂，事实上她只不过是个高大健康的罗马尼亚犹太女人，想嫁给一个强壮能干的好男人，在山谷的农场里安居乐业，如此而已。

到结核医院大概两个小时的车程要穿过特雷西，然后沿圣华金山谷一直往南，戴夫开车时很潇洒，罗玛娜坐在我们中间，我的手又拿起了酒瓶，明媚宜人的加州阳光和茂密的李子园在窗外掠过——阳光灿烂的午后有个好司机来瓶好酒，再戴上副墨镜，开车去有趣的地方，真是惬意啊，再加上我刚才提到的美好的谈话——罗恩和乔伊盘着腿坐在后面的垫子上，就像可怜的乔治·巴索去年从旧金山到纽约时一样。

可是那个日本小伙儿，让我一眼就真正喜欢上的主要原因是在布坎南街那个房子的疯狂的厨房里遇见他的第一个夜晚他就跟我说的那些话：从午夜到凌晨六点，他用低沉而富有节奏的声音对我讲

---

① Subud，一种建立在自发和入迷修习上的印尼宗教运动，于 1933 年由穆罕默德·苏布成立，其主要特点是使参与者通过不受控制的自然活动让上帝的力量表现出来，即一种精神活动。

了他从生命之始到生命之终佛教生涯的惊人故事：乔治的理论（他有许多理论，事实上他还真的开过坐禅课，他的所作所为的确表明他是个严肃的日本佛教俗家青年弟子）是佛教并不反对他与妻子和众多美妾的情爱生活，因为他对性爱本身没有兴趣，但却受到了印度最高的性爱艺术与情色享乐的教育，当时像《爱经》这样的伟大经卷正在不断完善发展的过程中，那些经卷中对你和另外一个人类——“男性或者女性”——做爱过程的每一个细节予以指导，比如每个动作、每个细节、如何亲近、如何把握时机、如何挑逗、如何控制、如何嘿咻嘿咻达到高潮等，乔治强调：“他知道关于性的一切知识，因此当他放弃这个声色享乐的世界到森林中去过禁欲主义的生活时，每个人都知道他把这一切抛在脑后，绝不是因为蒙昧无知——这使得那个时代的人们对他的所有言论都充满无上的敬意——他可不是靠几年中制造几件了无意趣的风流韵事的卡萨诺瓦[①]，他一直都享受着这种生活，他有大臣、专门的宦官和专门的妇女教他做爱，还有精挑细选的处女献给他，他熟悉每一种变态和非变态的性爱，而且你知道他还是出色的射手和骑师，在他父亲的命令下他被培养成全面了解生活艺术的人，因为他父亲希望他能够一辈子住在皇宫中，永不离开——他们用尽书本上所有的手段来引诱他过上享乐的生活，他们甚至让他与一位名叫耶输陀罗的美丽姑娘幸福地结合，而且还与她生下了儿子罗侯罗，除此之外他的后宫中还有无数佳丽，甚至还包括一些舞男，以及书中所提到的一

① Casanova（1725—1798），意大利极富传奇色彩的冒险家、作家，18世纪享誉欧洲的大情圣，曾著《我的一生》记录其风流韵事。

切……”接着乔治就会开始详述性爱知识的每一个细节，例如“他知道用手握住阴茎旋转着插入阴道中，不过这只是几种变幻技巧的第一个而已，你还可以把女孩的屁股放低这样在你眼中阴户就比较靠后，于是阴茎就好像黄蜂蜇人一样迅速刺入，另外还可以把女孩的屁股抬高，这样阴户就突出了，于是那家伙就可以直捣黄龙，接着还可以退出来着实地戏弄一下对方，然后再往右或往左刺——然后他就知道了所有的姿势、语言、表达，对处女应该如何做，不应该如何做，怎样在各种各样的亲吻中吸吮对方的红唇或者如何激吻如何轻吻，伙计他从一开始就是个天才”……，乔治一直给我讲到凌晨六点，这是我听过的最绝妙的关于我佛慈悲的故事，最后乔治会以他自己对佛教十二因缘之法的完美阐述收尾，关于为什么佛会在逻辑上与所有造物分离开来，使自己毫无保留毫无遮拦地展示自己的本色，在菩提树下，一连串的幻象——曾经在去纽约的路上我和戴夫坐在前面一路高谈阔论，可怜的乔治坐在后面的垫子上，大部分时候都非常安静。他说跟我们一起去是为了搞清楚是他自己到纽约去还是只有汽车本身到纽约去，或者只是轮子本身在转呀转，或者是轮胎，抑或是其他什么——一个类似于禅宗的问题——于是当我们看到俄克拉荷马大平原上的谷物升降机时，乔治就会轻轻地说：“嗯，在我看来谷物升降机是在等候道路接近它。”或者他会突然说道：“你们刚才讨论如何调兑出美味的马提尼酒的时候，我却看到一匹白马站立在废弃的店面前方。”——在拉斯维加斯我们住进了一家相当不错的汽车旅馆还会出去小赌一番，在圣路易我们去看了东路易著名的胡奇库奇舞（一种色情的女子舞蹈），欣赏了美丽的肚皮，有三个姿色出众的年轻女孩在表演时直冲着我们微笑，好像她们特别了解乔治和他的情色佛教理论（在场观看女孩跳舞的还有大人物呢），而且好像她们还认识那个一看到漂亮女孩就舔着嘴唇说“嗯，不错，不错”的戴夫·韦恩似的……

可是现在乔治得了肺结核，而且人们告诉我说他可能会死去——这加深了我内心的黑暗之感，所有与死亡相关的东西在瞬间堆积——可是我不能相信乔治这个老禅师会让他的躯体死去，可是当我们穿过草坪来到满是病床的房间看到他的时候，却觉得他真的是要死了，他神情沮丧地坐在床边，头发胡乱地垂在前额，以前他都是仔细地梳理到后面的——他穿着浴衣抬头看到我们的时候几乎都有些生气了（不过每个在医院的病人看到亲友们不约而至都会生气的）——没人喜欢在医院的病床上得到什么惊喜——他叹了口气跟我们一起出来，走到暖洋洋的草坪上。他脸上的表情在说：“哼，你们就是因我病了来看我，可你们的真实意图是什么?”仿佛以往所有的幽默风趣的勇气此刻完全让路给了根深蒂固的日本怀疑论思想，就像一个日本武士突然被自杀的绝望情绪所攫获（他眉头紧皱，有些吓人，表情凄惨阴郁，着实令我吃惊）。

一五

我想说我第一次惊恐地意识到做日本人的真正内涵是什么——做日本人，不再相信生活，而是变得像贝多芬那样阴郁，于是就成为阴郁的日本人，其核心是著名诗圣松尾芭蕉的忧郁，以及小林一茶或者正冈子规排山倒海般的惨淡愁容，低着头在冰天雪地中跪着的形象就好像低着头被日本长久的历史尘埃湮没的老马一样。

他低着头坐在草坪的长凳上戴夫跟他说“没事，乔治，你很快就会好的”的时候他只是淡淡地说“不知道”——他真正的意思是“我不在乎”——以往对我很热情很有礼貌的他此时却好像根本没看到我似的——他有些紧张，因为其他病人，就是那些退伍老兵，会看到有一群衣衫不整的垮掉派分子来看望他，其中就包括一直在草地上乱蹦，一脸真挚完全迷醉的表情赏花的乔伊·罗森伯格——可是乔治却干干净净的，个子小小的，只有五英尺五英寸高，体重也轻，而且那么整洁，羽毛一样柔软的头发好像小孩子一般，双手精巧细致，他双眼凝视着地面——他的回答却像个老人（他只有三十岁而已）——“我觉得达摩佛祖讲的万事皆空的说法已经完全融入我骨髓了”，他的坦承令我颤栗——（在路上戴夫已经告诉我们要做好心理准备，因为乔治性情大变）——可是我仍然试图将谈话进行下去：“你还记得圣路易斯那些艳舞女郎吗?”——“记得，妓女甜甜。”（他是指一个女孩在跳舞时将一块喷了香水的手帕朝我们扔过来，后来我们把它钉在了一个设在公路事故地点的十字架上。那个十字架是我们在亚利桑那州如血的残阳中从地里硬生生拔出来的，我们把那个香水手帕就钉在基督的头像那儿，这样我们把十字架带到纽约时就自然而然地叫大伙都过来闻闻，可是乔治却指出我们这种潜意识的做法，简直美妙极了，因为最终的结果是格林威治村所有来看望我们的爵士音乐家们全都拿起十字架把鼻子凑了过去）——可乔治再也不理会这些了——我们的确该走了。

可是，唉，当我们准备告辞，转身向他挥手说再见时，他却试探性地转过身，要走进医院里去。我磨磨蹭蹭地走在其他人后面，不停地转身朝他一次次挥手——最后我就这样跟他开起玩笑来，我躲到一个角落向外偷看，然后再挥挥手——他躲到灌木丛后面朝我挥手——我也冲进一簇灌木中向外偷看——突然之间我们成了两个不可救药的疯狂圣人，在草地上没完没了地折腾——最后我们离得越来越远，他离大门越来越近，我们的动作也越来越精细，最后竟然精细到了极点，当他迈进大门的时候我还一直等着，直到看到他伸出了手指头——于是我从自己藏身的角落里伸出去一只脚——他又从门里探出一只眼——于是我从我的角落里什么也伸不出来了，就大声地喊“无!”——于是他从门里什么也没伸出来，什么也没喊出来——于是我就藏在角落里什么也没做——不过突然间我冲出角落，而他也冲了出来，我们转着圈挥手，然后又藏起来——接着我做了个大动作，站起身快速走开，然后又突然转身挥手——他也朝后退着跟我挥手——我也一直后退，而且退得越远，挥手挥得越频繁——最后我们分开得很远，大概得有一百码了，再玩下去已经看不清了，可不知为什么我们却仍然继续——最后我远远看到那个悲伤的小禅师挥动着双手——我就高高跳起来挥舞双手——他也照我的样子做——他走进了医院，可过了一会儿，他在从病房的窗户边向外偷看！——我躲在一棵大树后面，对着他用手拨弄鼻子——没完没了，真的——其他人都回到了车里，搞不清楚我到底被什么耽搁了——我知道乔治会好起来，会活下去，并把使人快乐的真理教给大家，而乔治知道我知道，这也是他跟我玩这个游戏的原因，这个带给人自由和快乐的魔法游戏是禅宗，或者说是这个日本灵魂所寻找的终极意义之所在。我说："总有一天我会和乔治一起去日本。"我们最后一次远远地挥手之后，我对自己这样说，我们之所以停下来是因为我听到晚餐的铃声响了，而且看到其他病人冲出去排队吃饭，我知道乔治单薄瘦小的身体中包裹着惊人的胃口，因此我可不想耽误他吃饭，可他还是跟我开了最后一个玩笑：他把一大杯水一股脑儿地从窗口倒出来，然后就再也看不到他了。

"他这是什么意思?"我挠着头回到了车里。

一六

为了使这疯狂的一天更加圆满，凌晨三点我坐在速度达到每小时一百英里的车里，车子在沉睡的街道、山峦和旧金山的海滨间穿行，戴夫已经离开，和罗玛娜睡觉去了，其他人也都睡得死沉死沉的，隔壁那位疯狂的邻居也睡过去了（他自己就是个波希米亚人，同时又是个体力工人，给别人刷房子，回家的时候靴子上满是泥浆。他和他的小儿子住在一起，他老婆早死了）——我曾经在他的房间听他的高保真音箱里放着震耳欲聋的斯坦·盖茨[①]的爵士乐。有一次我无意中说，我觉得戴夫·韦恩和科迪·波梅雷是世界上最伟大的司机——"什么?"他嚷道，这个高大的金发小子带着奇怪的似乎凝固住的微笑，声音嘶哑地说："伙计，我以前可是替逃命的人开车的！来，我开给你看看!"——于是，大约在黎明时分，我们沿布坎南大街呼啸而下，拐弯时车轮尖声划过地面，他开始加速，尖声呼啸着冲着红灯开过去，左转车轮声突然更加刺耳，他以全速向山上驶去，我们到达山顶的时候我还以为他会停一会儿，看看山顶的风光，可他却开得更快了，简直就是飞过了山顶，一头驶入陡峭险峻的旧金山山路。我们的车头径直朝海湾中的海水冲去，可他居然还踩着油门！我们以每小时一百英里的速度冲到山脚下，幸好那儿的十字路口是绿灯，我们便全速驶了过去，只是在交叉路口处微微颠簸了一下，后来在街道开始下坡的地方又颠簸了一下——我们一直开到海边，然后急速右转——不到一分钟我们就已经翱翔在大桥入口的坡道上了，我还没把深夜最后一两口酒吞下去，车就已经回到了布坎南街，停在了我们的住所门口——不管他叫什么，反正他就是世界上最伟大的司机，后来我再也没有见过他——好像是叫布鲁斯什么的——真是一场逃亡啊。

① Stan Getz（1927—1991），美国爵士作曲家，演奏家。

一七

这一回，我呻吟着醉倒在戴夫的地垫旁，都忘记了他根本不在那里。

可我记起了那天早晨发生的一件奇怪的事儿，发生在科迪从山谷下打电话来之前：我又一次感觉像白痴一样，无可救药地沮丧，在呻吟中记起了“小淘气”的死，也记起了被吞没的海滩。可是在厕所的散热器旁边放着一本鲍斯威尔[①]的《约翰逊传》，我们曾在汽车里快乐地讨论过这本书：我随意翻开一页，然后又翻了一页，接着便从左上角开始读起来。突然之间我便觉得自己又身处于一个无比完美的世界：老约翰逊博士和鲍斯威尔到苏格兰的一座城堡造访，那城堡属于他们已故的朋友罗瑞·摩里，他们在巨大的壁炉旁喝着雪莉酒，看着墙上挂的摩里的照片，罗瑞的遗孀也在那里，约翰逊突然说：“先生，我告诉你怎样对付罗瑞·摩里的剑。”（照片里的老罗瑞拿着他的高原投掷武器。）“我用短剑刺进他的身体，刺伤他，我会像动物一样感到快乐”，在宿醉的蒙眬中我意识到，如果说哪种方式可以使约翰逊在这种场合对罗瑞·摩里的遗孀表达出他对摩里之死的悲伤之情的话，那么非这种方式莫属——如此悲悯，如此没有理性，然而又是如此完美贴切——我一下子冲到厨房里，戴夫·韦恩和其他人正在那儿吃早餐，我便把整件事讲给他们听——乔西叼着烟斗斜睨着我，因为我这么一大早就这么文艺，可是我其实一点也不文艺——我又一次看到了死亡，罗瑞·摩里之死，可是约翰逊对死的反应堪称完美，太完美了，我只希望老约翰逊现在就坐在厨房里——（救命！我想。）

科迪从洛斯加托斯打来电话说，他那个翻新轮胎的工作丢了——“就因为我们昨天夜里在那儿吗？”——“不不，绝对不是，他要解雇一些人，因为他的抵押负担太沉重了，还有就是有个女孩要起诉他伪造发票什么的，哎呀伙计，我还得再找别的活，可我还得付房租，还有哎，没有他妈的一件顺心的事儿，老伙计啊，你能不能，我也不知道该不该说，就直说了吧，杰克，嗯，借给我一百块钱怎么样？”——“天哪，科迪，我这就下山给你拿一百块钱来。”——“你真的肯借我啊，你能借给我真是太好了，你真的会借给我，是吧！”（电话那头他的睫毛一眨一眨的，因为他知道我真的会借给他。）“你这家伙真是个好哥们，你怎么下山把钱拿过来呢？让我这沧桑的心都高兴起来了。”——“我让戴夫开车送我下山。”——“好啊，那我很快就可以付房租了，今天都已经是星期五了，哎呀，是星期四还是，哦是星期四，哎呀我到下周一的时候能找到新工作就行了，那你就可以在我这儿住两天，我们一起过个长长的周末，像以前一样瞎聊胡侃，混混日子，下下棋，看我杀你个痛快，要不就一块看棒球比赛。”之后他又悄声说：“我们还可以溜进城去逛逛，看看我的漂亮宝贝。”——于是我就问了一下戴夫，没错，他随时可以送我，他一直跟随在我左右，就像我跟随别人一样，于是我们又出发了。

路上我们顺便去书店看望蒙桑托。我突然有个想法，就是戴

① James Boswell（1740—1795），苏格兰律师及作家。塞缪尔·约翰逊的挚友。其主要著作有《科西嘉记事》，《赫布里底群岛游记》和《塞缪尔·约翰逊传》。

夫、我还有科迪一起去小木屋过个盛大宁静而又疯狂的周末（如何做到），可是当蒙桑托听了这个想法，他也想去，事实上他还要带上他那个矮个子的中国哥们马亚瑟，我们还要去圣克鲁兹接上麦克李尔，再去拜访亨利·米勒，转瞬之间又一场大型的聚会就要开始。

威利车在街边等着，我去商店买酒，戴夫把车调了头，这次是罗恩·布莱克和本·费根坐在的后面的垫子上，我还坐在前面像摇椅一样的座位上，现在正是艳阳高照的火热午后，我们又一路上喋喋不休地聊着，沿着海滨的公路去找科迪那个老家伙。蒙桑托和马亚瑟开着他的吉普车跟在我们后面，现在是两辆吉普了，告诉你吧，将来还会再增加两辆——到科迪家的时候大约下午三点，他的房子里挤满了客人（洛斯加托斯本地的文艺人士以及各界人士电话也响个不停）。科迪对伊芙琳说："我要跟杰克他们一伙人一起待两天，星期一再找工作。"——"好吧。"——于是我们到了洛斯加托斯一家相当不错的披萨店，那里的披萨上面堆放着一英寸高的蘑菇、肉和凤尾鱼等你想吃的任何东西，我在超市用旅行支票兑换了现金，科迪拿了一百块，在披萨店把钱给了伊芙琳。不久之后，两辆吉普又开始朝蒙特利的方向驶去。我曾经拖着满是水泡的双脚走在那条破旧的公路上，一直走回可怕的拉顿峡谷大桥——我还以为我再也不会回到这里了，可是现在我却带着许多见证人回来了。我们沿山路盘旋而上，当下面的峡谷再次呈现在我眼前时，我在惊异与悲伤中咬紧了嘴唇。

一八

尽管我感觉仿佛已经离开了一百万年之久，但这里的景色熟悉得就像老照片中的老面孔，我熟悉岩石上阳光用画笔抹下的阴影，还有大海用无情的蓝色把金黄的沙滩洗刷成白色，也熟悉黄色河道里的溪流沿高峻悬崖的肩膀流下的样子，还有那遥远的蓝色草坪，这些日子天天看到的都是人类那微不足道的嘴脸。眼前这副绵延不断、起起伏伏、咆哮不止的景象如此奇异——似乎自然有着一张患麻风病的庞大无比的脸庞，有硕大的鼻孔、巨大的眼袋，还有一张大得足以吞下五千辆旅行车、一万个戴夫·韦恩和科迪·波梅雷都不会发出一声略带留恋或遗憾的叹息——我回来了，我的峡谷中每个忧伤的轮廓，每条裂缝，又见帽顶一样的米恩莫山，高踞而倾斜的公路下面梦幻般的树林，可怜的圣骡阿尔夫突然映入了眼帘，千真万确，在这午后时分，它远远地站在畜栏边凝视着什么——小溪还在那儿欢快地跳跃，好像世界上什么也没有发生，甚至在大白天它也有些幽暗，急着去探望幽深之处纠结的野草。

尽管科迪算是老加州了可他至今都没见到过这里的风光，我看得出他被深深打动了，甚至非常开心，因为他能跟我和那些伙计一起出来旅游散心，并且看到了这样壮观的景色——他又快活得像个小孩子一样了。这几年来还是第一次看到他像个被学校开除的学生一样，没有工作，账单已经付清，无所事事，就只有充满感激地逗我开心，他的双眼熠熠发光——事实上从圣昆廷监狱出来后他身上就不时流露出孩子气，好像监狱的高墙把他身上成人的晦暗紧张之气全部带走了似的——事实上，每天晚饭过后，在那个与缄默的枪手共处的小牢房里，他都会低着头认真地给他的情人比莉写信，信中充满哲学和宗教的沉思冥想。他每天写一封，至少也是隔天一封——当熄灯后，你躺在监狱的床上却毫无睡意，就会有充足的时间去回想世事。实际上你在品味它仅有的一丝甜蜜（尽管在监狱回想过去总是很甜蜜，不过也的确更困难些，这是热内[①]说的），结果是他不仅要接受过最苦难的生活的处罚（当然有两年时间远离酒精，而且不能过度吸烟，这些总归是好事）（还有规律的睡眠），而且还变得像个孩子了，不过我得说，我觉得所有刚刚出狱的罪犯都有这种时不时冒出的孩子气——为了更加严厉的惩罚犯罪势力而把罪犯关在安全保险的高墙之内，可实际上这样却只是为他们未来更加暴虐的犯罪能力提供了养精蓄锐的手段，否则——“天哪，真他妈要命！”他看到那些悬崖绝壁和倒挂的藤蔓与枯树时就不停地说，“你是说你真的一个人在这里住了三个星期，天哪，我真是不敢……到夜里一定特别恐怖……看看下面那个老骡子……哥们儿，看看我们路上经过的那片红杉林……这让我想起了破旧的科罗拉多县，天哪，那时候我每天偷一辆车，然后开车带上一个高中嫩妞到山里去，就跟这些山差不多。”——“嗯，不错不错。”戴夫·韦恩说着猛地把他那张大呆脸转过来看着我们。他的眼睛闪着疯狂而又灼热的光芒，那眼神似乎也在大呼“不错不错，好爽好爽。”——“你们这帮人怎么回事？计划得可不周全啊！应该带上一群学生妹到这儿来一起聊聊天，消遣消遣。”科迪说着完全放松下来，话语

① Jean Genet（1910—1986），法国小说家，诗人。

间也添了些忧伤。

蒙桑托的吉普车一步不落地跟在后面——经过蒙特利的时候，蒙桑托已经给帕特·麦克李尔打了电话，整个夏天麦克李尔和老婆孩子住在圣克鲁兹，他开着吉普车在几英里外的公路上尾随着我们——这真是大瑟尔的盛大日子。

我们驶下山坡，穿过小溪，到了畜栏边上。我骄傲地下车，一本正经地打开大门让车开过去——我们一路颠簸，沿着有两条车辙的小路驶到小木屋前停了下来——看到小木屋时，我的心猛地一沉。

小木屋那么悲伤，好像人一样在那儿等着我，似乎要永远等下去，听到那纯净的潺潺小溪重新开始为我一人歌唱，看到以前那几只蓝色小鸟依然在树上等我，它们看到我回来，也许会朝我发火，因为我已经很久没在每个美好的早晨在门廊的横栏上摆放食物——而我做的第一件事就是冲到屋里，给它们拿了些食物摆到外面——可现在周围人太多，它们不敢过来品尝。

蒙桑托全身上下都换上了旧衣服，期待在这个舒适快乐的小木屋里过一个能喝酒能神侃的周末。他从墙壁的钉子上取下那个可爱的斧头走出门，对着一个大圆木猛砍起来——事实上这是几年前倒下的一棵树剩下的半棵，现在他打算把它砍成一段一段的，这样我们就可以把它从中劈开，用来燃起大团的篝火——而那个不管走到哪儿都带着画纸和画笔的小个子马亚瑟已经在门廊里那张椅子上坐了下来（还戴着我的帽子），开始画第一张，他可以无止无休地画下去，一天能画二十五幅，第二天还能画二十五幅——他能一边聊天一边画——他有各种颜色的画笔，红的、蓝的、黄的、绿的、黑的，他能画出不可思议的潜意识什么的，也能画出绝对一流的客观景致，或者为卡通漫画添加任何他想要的背景——戴夫正在把我和他的帆布包从威利车上拿下来，扔到小木屋里，本·费根拿着烟斗喷云吐雾，带着和尚般的笑容在小溪边溜达，罗恩·布莱克正在把我们在蒙特利买的牛排开包，我已经把酒瓶上的塑封撬开了，这么专业的抽拉扯拽的动作，只有在东部和西部的小巷子里混迹多年的酒鬼才能掌握。

像从前一样，雾气弥散在峡谷的峭壁上，遮蔽了太阳，可阳光却不停地反击——小木屋里终于生起了火。这里依旧是我那温馨可爱的住所，我看着它的时候，它便像一张聚焦异常精准的快照一样，在我的头脑中越发清晰起来——蕨菜的小嫩枝依然插在水瓶中，书还在原来的地方，各类杂物也整齐地放在靠墙的架子上——跟大伙在一起，我觉得很兴奋，可是内心也有一种隐约的悲伤。后来蒙桑托把这种情绪说了出来："这个地方真的只适合一个人待着，你说是吧？把一大帮人带到这儿来就有点亵渎这地方了。我不是说我们，也不专指什么人，那些树让人感到一丝甜蜜的忧伤，我们要是大声叫嚷就会侮辱它们，就算只是谈谈话也是一种玷污。"——这正是我的感觉。

我们一大伙人一起沿小路朝海边走去，经过那"狗日的桥"下时，科迪这么叫它，同时满怀恐惧地朝上望——"是人就得被这东西吓跑"——可是对于像科迪还有戴夫这样的老司机来说，最糟糕的事儿是看到沙子中倒竖的汽车底盘，他们花了半小时的工夫围着那残骸转悠，还不停地摇头——我们在海滩上疯跑了一会，就决定夜间带上酒和手电筒再来玩，并且点上一大堆篝火，现在得回到小木屋里烤上牛排，尽情疯玩一番，麦克李尔的吉普已经到了，并且已经停好。麦克李尔本人和他那一头金发、身穿紧身蓝牛仔裤的漂亮老婆都来了。戴夫见到她就说："嗯，不错不错，"而科迪只是说："好，可以，好，可以，哦宝贝，挺好的。"

一九

在峡谷深处，一场喧闹沸腾的豪饮狂欢开始了——深夜的浓雾带来的阵阵寒气从窗户渗入屋内，那些娇气的人要求把木窗户关上，于是我们就坐在只有一盏灯照明的昏暗屋中，被烟雾呛得直咳嗽，可他们并不当回事——他们觉得这是在火上烤牛排冒出的烟雾——我手里拿着酒壶，说什么也不愿放下——麦克李尔这位年轻英俊的诗人刚刚写下全美国最绝妙的诗歌，叫做《暗褐色》，诗里对他和他老婆在狂喜而亲密地交合时的身体进行了细致描述，写得极为彻底，没有任何保留，不只如此他还坚持要念给我们听——可是我还想读读我写的“海”呢——而科迪和戴夫·韦恩在谈论着别的事，那个傻乎乎的小伙罗恩·布莱克则在学查特·贝克唱歌——马亚瑟坐在角落里画画，当时的情形大约如此：

“老头子们才会那么干，科迪，他们在西夫威停车场慢吞吞地倒车。”——“对啊没错，我刚才在跟你讲我的自行车不过他们就是那样，真的，你看，这是因为他们的老太婆正在超市里买东西，他们就想把车停在离入口近一点的地方，于是就花了半个小时思考如何离开，这对他们而言简直是个壮举。他们先从停车位缓缓倒车，几乎没办法扭头看看后面，不过通常后面什么也没有，他们动作慢得离谱，还哆嗦个不停，终于开到选好的车位那儿，可是突然有个小子开着他的敞篷小车，迅速占据了车位，那些老头儿就挠着脑袋抱怨说：‘噢，现在这些年轻人啊！’毫无疑问就是这样，啊，对了，我在丹佛的那辆自行车，我跟你说，我把它弄得七扭八歪的，轮子直摇晃。于是我不得不发明一种新的方法来操纵车把，你看就这样——”“嘿，科迪，过来喝一杯，”我对着他的耳朵大叫，同时麦克李尔读着他的诗，“在黑暗中吻我的大腿，点燃深渊之火。”蒙桑托咯咯地笑着对费根说：“这个疯子走下楼梯想要一本阿利斯泰尔·克劳利[1]的书，可我一点都不了解，直到那天你告诉我，后来我出去的时候看到他偷偷地从架上拿了本书，不过他又从兜里掏出一本别的书，塞到了那个位置上，那本书是一个叫登顿·威尔奇[2]写的小说，那个年轻的中国小伙就一直在街上晃来晃去，真的很像年轻浪漫的杜鲁门·卡波特[3]，只不过他是中国人。”马亚瑟突然大叫道：“都别动，你们这群狗杂种，我眼睛里有个洞。”聚会大致就是这样进行着，一直延续，最后以牛排晚餐告终（我甚至一口都没吃只是不停地喝酒），接下来是海滩上的大型篝火。我们整个大部队挥着胳膊朝那里进发，我的脑海中闪过这样一个念头，似乎我是游击队的队长，走在副官前面负责下达命令，我们挥舞着手电筒大声尖叫着，蜂拥在狭窄的小路上，“一二一”地向前走，向敌人发出挑战，迫使他们从藏身之处出来，这些游击队员。

蒙桑托这个林中老住户在海滩上生起了一堆巨大的篝火，从几英里之外就能看到火光闪耀，上面大桥上开车经过的人能够看到在夜之深洞中进行的这场盛大的聚会，实际上篝火几乎照亮了整座大桥奇异怪诞的桥柱和桥梁，巨大的阴影在岩石上跳起舞来——大海涌起旋涡但看上去却更加温顺了——这与我独自一人在广袤的地狱

---

① Aleister Crowley（1875—1947），英国哲学家、作家。
② Denton Welch（1915—1948），英国作家、画家。
③ Truman Capote（1924—1984），美国南方文学作家。

中记录大海声音的情形截然不同。

这个狂欢夜以每个人都累得筋疲力尽，倒在露天小床上的睡袋里昏然睡去而告终（麦克李尔和他老婆回家了），只有我和马亚瑟在即将燃尽的篝火前高声叫嚷着，玩即兴回答的游戏，一直玩到天亮，比如像“谁告诉你你头上顶着个帽子?”——“我的头从来不问帽子。”——“你的肝脏训练出了什么问题?”——“我的肝脏训练和肾功能搅和到了一起。”——（我又有了一位伟大绝妙的小个子东方朋友，我住在东海岸从来不认识什么日本人或者中国人，在西海岸结交这种朋友很平常，可对于我这样的东海岸人来说，这简直太棒了，而且我以前还学习过禅宗和道教的思想）——（而且亚瑟又是性格温柔、个子矮小、头发柔软的东方小呆瓜）——我们开始快活地唱着问答，轮流来，从来不停下来思考，就是一个接着一个，乒乒乓乓地，其美妙之处就在于其中一个家伙大声嚷着（比如说我）：“今夜遥远的天空将出现一轮八月的满月，一开始是黄疸样的颜色，我的屋顶上都是跳来跳去的天使，天使把鲜花从空中撒下。”（规则就是随口胡说。）另一个家伙不但有时间想想接下来该怎样表述，还可以从“我的屋顶上都是天使”的含义中搜寻出潜意识中涌起的想法，于是他不假思索地大声做出更加愚蠢或者更加出人意料、疯狂可笑或者机灵的回应。更出色的例子是：“朝圣者拉下粪便，从天堂里开出甜蜜污浊的无名火车，车上都是背着女猴子的无所不能的青年，他们会踏过舞台等待那一时刻，而我掐了自己一下，证明一个想法，就像一次触摸。”——可这仅仅是开始，因为我们现在了解了规则，于是说得越来越好，直到黎明时分，我似乎才回想起我们是多么才华横溢，简直不可思议（其他人都打呼噜），天空听到这些肯定会激动得发抖，而不再仅仅作为我们的背景：我来试试是否能够重新展示这个游戏的风格——

亚瑟：“什么时候你想成为八祖？”

我：“当你把那件被虫子咬过的旧毛衣给我的时候。”——（比这要强多了，先不说这些了，因为我想先谈谈马亚瑟这个人然后再重新展示我们的才华。）

二〇

提到我的第一个小个子中国朋友时，我总是说“小”乔治“小”亚瑟，事实上他们的个子都不高——虽然乔治讲话语速很慢，对什么都心不在焉似的，好像禅师一般，真正彻悟了万事皆空的道理，从某种程度上说，亚瑟更加友善，更加热情，好奇心很重，不停地问这问那，他总是不停地画画，比乔治要积极一些，当然他并不是日本人，而是中国人——他希望我下周能见见他父亲——那时他是蒙桑托最好的朋友，他们一起在街上走时，简直就是奇怪至极的一对，一个是人高马大、红光满面、留着小平头，穿着灯心绒夹克，有时嘴里还叼着烟斗的快活男人，另一个则是充满孩子气的小个子中国男人，尽管他已经三十岁了，但他看上去太年轻了，大多数酒吧招待都不会招呼他的——不过他可是唐人街一户颇有声望的家庭的儿子，而唐人街恰好就在旧金山那些垮掉派聚居的大街后面——而亚瑟是一个特别招人喜爱的小男人，他交往过的漂亮女孩多得数不胜数，可是他却刚刚跟他老婆分手，我从没见过他老婆，可蒙桑托告诉我，她是世界上最漂亮的黑人女孩——亚瑟来自一个大家族，可是他对要当画家并且过着波希米亚式的生活并不满意，于是他就独自一人住在北海岸一个舒服的旧旅店里。不过，他有时候会拐过一条条街角，去唐人街看望父亲，他父亲坐在中国式店铺后面，对着数不清的中国诗歌沉思，那些诗用中文笔画书写在漂亮的彩色纸上，后来他把它们挂在了小卧室最高的地方——他坐在那里，干净整洁，甚至可以说光彩照人，正琢磨着下一首诗该写什么，可是他那锐利的小眼睛却总是能越过临街的大门，看看有什么人经过，要是有谁走进商店，他立刻就能知道他是谁，来干什么——其实他是蒋介石在美国最好的朋友，也是最信任的顾问，真的，一点儿不骗你——可是亚瑟自己却支持红色中国，这是个家庭问题，也是个中国问题，我对此没什么可说的，也没有任何兴趣，除了它所呈现出的古老文化中父亲与儿子相处的戏剧性画面——总之，最重要的是，他就像乔治一样跟我瞎混，而且也像乔治一样能让我开心——他流露的忠诚气质对我而言就像某种遥远而熟悉的东西，让我怀疑我前世是否曾在中国生活过，抑或他前世曾是个西方人，在中国以外的地方与我的前世纠结交织——遗憾的是，我没有记录下我们叫嚷着、像大声宣告似的一问一答游戏，那时外面的鸟儿刚刚醒来，不过大致情形就是这样：

我：“除非有人把滚烫的烙铁刺入我的心脏，或者一报还一报，堆积起数不清的因果报应，招来数不清的恶果，或者把我妈妈从床上拖下来，就在我眼前活生生地把她杀死——”

亚瑟：“我在脑袋上把手折断——”

我：“每次你从玻璃房子里朝猫扔石头，你就自动往自己身上堆积斯坦利·古尔德的冬天，那么黑暗死亡之后还是死亡，还有变老——”

亚瑟：“因为女士那些垃圾桶会反咬你一口，而且变得僵冷——”

我：“你儿子会沉浸在冷漠的知识中永远不得安宁，他想他想的事情，他也想他做的事情，他还想他感觉的事情，这也就是未来——”

亚瑟："未来我那该死的老剑客派森·帕莎会再次败北——"

我："今晚的月亮会见证天使聚集在婴儿窗前的时刻，他在屋里发出咯咯的声音，目光纯洁双眼含泪寻找婴儿旁边的水流，山边有小羊，那些阿拉伯的牧羊，小孩把小羊羔搂在怀里，而羊妈妈在河口尽头咩咩地叫——"

亚瑟："于是乔那个傻瓜杀了它，不，没有——"

我："呼呼嘎嘎——"

亚瑟："风，汽车启动——"

我："天使天神妖怪会提婆神女吠檀多麦克劳芙林斯通什么的在地狱横冲直撞乱喊乱叫，如果他们不爱羔羊，羔羊就是做成羊排的羔羊——"

亚瑟："为什么斯科特·菲茨杰拉德拿着个笔记本？"

我："多么与众不同的笔记本啊——"

亚瑟："Komi denera ness pata sutyamp anda wanda vesnoki shadakiroo paryoumemga sikarem nora sarkadium baron roy kellegiam myorki ayastuna haidanseetzel ampho andiam yerka yama chelmsford alya bonneavance koroom cemanda versel——"①

我："第二十六届亚美尼亚年度音乐会？"

---

① 此处写作者与亚瑟进行问答游戏，此段原文是各种音节的组合，用以形容音乐会唱歌的声音。如按音节译为汉字，则为无意义的汉字组合，无法体现此处各种音节混合的效果，因此保留原文。

二一

我差点忘了说，在我独自居住的三个星期内就从来没有看到过星星，甚至有个晚上一分钟都没有，那时正是雾气浓重的季节，除了我准备离开的那最后一个晚上——现在每天夜里星星都会出来，日照时间比以前要长很多，可是大瑟尔的秋天总伴随着一股股邪恶的风：似乎整个太平洋正用尽所有力量把风径直吹进拉顿峡谷，而且越过高处的裂缝吹到峡谷另一端。所有的树都战栗了，峡谷低处发出震耳欲聋的嘈杂呻吟声，恶风所到之处掀起令我不快的阵阵咆哮——我总觉得某个地方有种不祥的预兆——雾气、宁谧、静止的大树比这要好得多——若是峡谷里刮过一阵大风，峡谷就会尖叫起来，大树开始乱糟糟地摇摇晃晃，就连跟我一起来的哥们看到这些都觉得有些惊异——对这么个小峡谷来说，风刮得有些过于猛烈了。

这么发展下去，真让人无法继续聆听潺潺溪水的慰藉之声。

好的一面是当喷气式飞机打破头顶上声音的屏障时，风会把飞机造成的凌空劈雷消散开去，因为在浓雾季节飞机的噪音会直达峡谷，并在峡谷中聚集，像爆炸一样，使房子剧烈摇晃，让我第一次以为（一个人）有人在附近引爆了炸弹。

我呻吟着醒来时浑身无力，那儿正好放着许多酒，能让我开始以酒解酒，嗯好吧，可是蒙桑托，可是蒙桑托早就离开，到小溪边睡觉去了，他一向都这么明白事理。现在他已经醒来，唱着歌，把脑袋扎进水里，噗啦噗啦地冲刷，然后搓搓手迎接新的一天——戴夫·韦恩像平常一样边讲着课边做早餐：“告诉你吧，煎鸡蛋的正确方法是在上面涂层东西，这样蛋黄和蛋白看上去就更加润泽漂亮，接下来把薄饼和糊糊准备好，我们就可以开吃了。”——我一开始就准备好的品种丰富、种类齐全的食品，现在都喂了这支游击队。

早餐后开始了规模宏大的斧子砍木头比赛，一些人坐在门廊上观看表演者往下劈砍超过一英尺粗的树干——他们砍开了两英尺长的大块头，这可够费劲的——我觉得通过砍树的方式，你真的可以研究出人的性格——比如说蒙桑托这个在缅因州长大的老伐木工砍树的时候，从左右两个角度干净利落地砍下那些短枝子，于是没用多少时间，也不用出多少汗，就把活干好了，也显示出他在生活中的严谨认真的性格——但他每一下都砍得飞快——可是，老费根嘴里叼着烟斗在闷头苦干，我猜他是在俄勒冈州和西北消防学校学的这种砍树方法，他也把活干完了，静静地，一句话也不说——而科迪令人惊异的火爆脾气也在砍树过程中表现出来，他手握斧柄的最远端，用尽全身的力气一举挥下，用吓人的力气朝木头砍去，你都能听到树干从头到尾发出的呻吟声，喝醉了似的，有时你还能听到树干纵向破裂的声音，他真是太强壮了，挥下斧头的力量也太过生猛，砍树的时候双脚都离地了——他以希腊之神的狂暴砍好了木头——不过他花的时间、流的汗水都比蒙桑托要多得多——“在亚利桑那南部和一伙人干过这活儿，”他言语之间轰的一声砍下去，整个树干都跳了起来——可这似乎只是愚蠢的蛮力，是可怜的科迪的生活画面，从某种意义上说也是我的——我也用尽全力砍树，砍得越来越疯狂，越来越快，可是却花费了比蒙桑托更长的时间，他正看着我们笑——小个子亚瑟也过来试试运气，可他砍了五下就放弃了——让人感觉好像是斧子把他带走了——接着戴夫·韦恩示范了他幅度大但却轻松的砍法，不一会儿就砍好了五根圆木——不过现在该上车了（麦克李尔又回来了），我们要沿公路一直南下，去一个洗温泉的地方，一开始我觉得我这个主意还真不错。

可我没想到，大瑟尔的秋天使大海泛着像洌酒般明晃晃的蓝光，使海岸显得宽阔得有些吓人，一切都那么清晰明亮，光彩夺目，竟让人感到恐慌，海滨公路像蛇一样向南绵延数里，我们的三辆吉普车在不断增多的弯道上拐来拐去，旁边就是陡峭的悬崖，远处还要经过鬼魅般高高的大桥以及桥下那些粉碎的惨状——快见到那情景时，大伙都“哇”地惊呼起来——可对我来说，这仅仅是地球上一处荒凉的精神病院，我早就看够了，甚至在那次深呼吸时已经把它吞下去了——大伙都安慰我说洗洗温泉对我有好处（他们看出我心情抑郁，而且还未从宿醉中缓过神来），可是一到那儿，我的心却又一次沉下来，麦克李尔站在露天水池的阳台上指着大海说：“看，海藻上面浮着一只死水獭！——没错我想那是一只死水獭，硕大又笨重的一块淡褐色的东西，随着高高隆起的可怕的海藻在海水中起起伏伏，我的水獭，我亲爱的水獭，我要写一首水獭之诗——“它为什么死了？”我在绝望中问自己——“他们为什么要这么干？”——“所有这些的意义是什么？”——所有伙计都手搭凉篷，要好好看看海里那个硕大、安静，却又饱受折磨的大块头，好像那能给他们带来片刻的快乐，可对我来说，那就好像重重一击，穿透眼睛，直达心底——温泉水冒着热气，费根和蒙桑托还有其他人都静静地坐在齐颈深的温泉中，他们都赤裸着身体，可是那里还有一群赤裸的仙女，以各种姿势站在浴室里，这让我有点不自在，脱衣服时也犹犹豫豫的——其实科迪才是什么都懒得做，只是穿着衣服躺在阳光下，在阳台的桌子上，只是抽烟——可是我跟麦克李尔借了黄色浴衣，而且也进了温泉——“在温泉池里你穿着个浴衣干吗，傻小子?”费根嗤嗤地笑着——我惊恐地意识到，温泉里可能有精子在游动——我望过去，看到其他人（还有仙女）都目不转睛地望着罗恩·布莱克，他面朝大海站在那儿，让所有人瞻仰他的大屁股，就更别提麦克李尔和戴夫·韦恩了——不过我和科迪在这种场合不愿脱衣服也是很正常的（我们都在天主教环境中长大?）——照理说我们是这个时代了不起的性英雄——你可能会这么想——可是那些一言不发、奇怪地看着我们的天使、海上那些死水獭，以及水池的精子交织在一起，令我恶心，更不用说有人告诉我，这个温泉浴池的老板是青年作家凯文·库德西。我在纽约时跟他很熟，我就问身边一个我并不认识的年轻小伙，凯文·库德西在哪儿，可他却根本不打算理我——我以为他没听到，就又问了一遍，他不回答，也不理我，我又问了第三遍，这次他站起来，怒气冲冲地走向储物柜——我那饱受酒精折磨的脑袋这下子更迷糊了，一次又一次的死亡，暗示我对拉顿大峡谷那种沉静的爱死去了，而且内心突然产生了一种恐惧。

从温泉出来，我们去了忘忧草餐厅，那是坐落在悬崖顶上一个美丽的饭店，有宽阔的室外天井、一流的食物、一流的侍者和一流的管理、上好的饮料、象棋桌、舒适的桌椅，你可坐在那儿，边晒太阳边欣赏辽阔的海岸——我们坐在不同的桌边，科迪开始和每个愿意跟他下棋的人对弈，同时嚼着超级美味的“天堂汉堡”（特别大而且辅料丰富）——科迪不喜欢闲坐在一边跟别人轻声聊天，他要是想讲话，就一个人不停地神侃，直到把一切都讲得通透明白，可现在他没这么做，只是一头扎在棋盘上，嘴里说着："嗨，老吝啬鬼还留着个卒子？呸！我吃了它！"——可我坐在那儿和麦克李尔和蒙桑托讨论文学的时候，旁边几个陌生的男士跟我们搭起话来——其中一个很年轻，他说他在部队里是个中尉——我马上（已经喝到第五杯曼哈顿）就陷入我那个游击队战争理论中去了。根据我前天夜里的观察，我认真地思考了这个理论，如果蒙桑托、亚瑟、科迪、戴夫、本、罗恩·布莱克和我属于一个作战小组的话（腰带上都别着装酒的军用水壶），那么敌人就很难伤害到我们，其中任何一个因为我们是亲密的朋友，都拼命地严密保护着彼此，我把这个想法第一个告诉了中尉，不过却吸引了另一个上了些年纪的人的兴趣，他承认在部队里他是个将军——远处的桌子旁还坐着几个同性恋，这让一直看下棋的戴夫·韦恩在倦怠无聊时不停地抬眼看过去，还用他干巴巴的鼻音向我们通告："红杉树的屋顶下，人们在谈论着同性恋和战争……我就把这叫做'忘忧草俳句'"——"好哦，"科迪把他将死，"看看你还怎么'俳'。伙计快走开吧，不然我的皇后就要把你困死了，宝贝。"

我提及那个将军只是因为事实上的确有种不祥的感觉在这次漫长的狂欢中我遇到了他还有另外一位将军，两个奇怪的将军，可我这辈子从来没遇到过将军——第一个将军很奇怪因为他看起来太彬彬有礼了，可是他那傻乎乎的深色眼镜后面冷硬如钢的眼神却藏着阴险——第一个中尉也有些阴险，他猜测我们是什么人（旧金山的诗人，实际上他们还是核心人物）尽管连将军都觉得很有意思，可他看起来却一点都不开心——可是将军怀着一丝阴险对我以密友为单位的游击战理论似乎很感兴趣。大约一年以后肯尼迪总统发布了新的武装部队建设方案时，我怀疑（由于其他原因那时甚至更加疯狂）是不是这位将军从我这里得到了灵感——第二个将军就更奇怪了，他走过来，可那时我却喝得更高了。

一杯接一杯的曼哈顿，最后我们在傍晚时分回到了小木屋。我感觉很好，但却意识到明天我就要玩完了——但是可怜的年轻人罗恩·布莱克问我他能不能跟我一起住在小木屋，其他人都坐着那三辆车回城里了，我不知道如何既不伤害他又能拒绝他，于是就说，好吧——他们突然离开后，就剩下我和这个疯狂的小垮掉派分子了。他唱歌给我听，可我只想睡觉——不过我得努力表现得好些，不能让他充满信仰的心灵失望。

因为毕竟这个可怜的孩子真的相信垮掉派那些东西里存在着崇高、理想和善良的思想，报纸把我称为垮掉派之王，可同时我对越来越多的年轻人的无尽热情感到厌倦烦恼。他们想尽办法要认识我，把他们的生活通通倾倒给我，于是我就跳着脚说，是啊是啊，这就对了，现在我再也不能这么做了——这个夏天我来大瑟尔的原因没有别的，就是想躲开这种事情——比如那五个可怜又可悲的高中学生在一天夜里穿着夹克跑到长岛我家门口，说他们是“达摩流浪者”，因为一本书封面的印刷错误，他们以为我才二十五岁，可实际上我都能当他们的父亲了——可是不行，精力充沛、思想活跃的年轻爵士乐迷罗恩想挖掘出一切，跑到海滩上，又蹦又跳又唱，说话，写曲子，写小说，爬山，远足，什么都看，什么都做，跟什么人都在一起——因为还有半瓶酒没喝完，所以我答应跟他去海滩。

我们沿着我以前独自走过的忧伤小路往海边走，突然我看到草丛中有一只死老鼠——“一只幼小的死老鼠，”我自作聪明地像做诗般说道。可是突然间我第一次意识到，也记起了我是如何把蒙桑托架子上的老鼠药盖子打开的，那么这就是我的那只老鼠——它躺在那儿，死了——像海里的水獭——这是只与我有关的老鼠，整个夏天我都认真地给它喂巧克力和奶酪，可我又一次无意中破坏了我为自己制订的那些伟大计划，就是要友善地对待所有生命，哪怕是一只小虫子——不管怎样，我又杀死了一只老鼠——接着我们来到袜带蛇晒太阳的地方，我告诉罗恩小心点，他却突然大叫：“当心！你根本分不清这些蛇有毒没毒！”这喊声真吓到我了，我的心在恐惧中怦怦乱跳——我的可爱朋友袜带蛇，它在我心中本来就是长长的绿色身躯的生命，现在却成了大瑟尔最邪恶的毒蛇。

后来，海浪拍岸，长长的空心海草总是四处摊着，躺在阳光里。有一些特别巨大，像有皮肤的活物，每个活着的物体总是会让我莫名地悲伤，年轻的爵士乐手把它们拎起来，跟它们一起在海滩跳起了苦行僧舞，给大瑟尔带来了海的变幻——也带来了思想的变幻。

整个夜晚我们就在灯火旁唱歌，扯着嗓子唱，我感觉还挺好。可是到了早晨瓶里的酒喝光了，我又一次带着“末日的恐惧”醒过神来，跟逃到这里之前我在旧金山贫民窟的小旅馆里的感觉一模一样，这种感觉又把我紧紧攫住了，我听到自己发出痛苦的哀鸣：“为什么上帝要折磨我？”——不过那些从来没有过震颤性谵妄的人，甚至那些连年轻时都没有醉过的人或许不会理解。这并不是指身体上要承受多大的痛苦，这是一种无法言说的精神至痛，那些不喝酒只知道指责喝酒不负责任的人根本不能理解其中之一二——这种精神至痛是如此深切，你甚至感觉你背叛了自己的出生，背叛了你母亲分娩把你带到这个世界时的巨大努力和所承受的阵痛，也背叛了你父亲为了哺育你、培养你、让你强壮，我的天啊，甚至还为了教育你怎样“生活”而付出的无尽辛劳，你心中的负罪感那么强烈，于是你觉得自己一定是魔鬼。上帝看起来那么遥远，他遗弃了你，让你一人承受让人恶心的愚顽——你感到最广大意义上的恶心，呼吸着却又不相信它，恶心恶心恶心，你的灵魂发出呻吟，你看着自己无助的双手，似乎它们被火灼烧，但你却无法离开，无法求救，你用已经死去的眼睛看着世界，脸上写着无尽的怨愤，就像云端被便秘所折磨的天使——事实上你扔给世界的是已经癌变的眼神，透过挂满棕灰色羊毛碎屑的眼睛——你的舌头发白，让人想吐，牙齿也污浊不堪，头发似乎一夜之间变得干枯，眼角尽是大块的眼屎，鼻孔里是黏糊糊的鼻涕，嘴角全是泡沫：反正就是非常恶心，出了名的让人讨厌，人人都知道那个喝得醉醺醺的，走在世界知名的鲍厄里大街附近的人是谁——这不能给我带来丝毫乐趣，人们说：“哎呀，他喝高了，让他睡会儿就好了。”——可怜的醉鬼在哭泣——他哭着找妈妈找爸爸找兄弟找朋友，他哭着求救——他要努力振作起来，于是试着把一只鞋挪到脚下，可是他却连这个也做不好，要么就是弄掉鞋，要么就是把什么东西碰翻，他一遍又一遍做一件事，却总是不成，这又让他哭起来——他用手捂着脸，呜咽着乞求怜悯，可他知道世上根本没有怜悯——不仅仅因为他不配得到怜悯，而是因为这世上就没有怜悯——因为他抬头仰望蓝天，那里空荡荡的，什么都没有，却无所顾忌地戏弄他——他环顾世界，世界对他伸出舌头，一旦面具揭开，世界便用像他一样硕大空洞而又充血的眼睛看着他——他也许看到了地球的运转，可是这运转却没有任何意义——身后任何意想不到的轻微响动就会让他怒火中烧，咆哮不止——他会拉扯自己破烂不堪的脏衬衫——他觉得他要把脸揉搓成另外一种东西。

他的袜子黏糊糊的，又厚又重——脸颊的胡须刺痒了流淌的汗水，也惹怒了饱受折磨的嘴唇——有一种“一切成空”、“一切不再”的扭曲感受，啊——昨天那么美好而洁净的东西已经毫无理性、毫无因由地变成了一大堆令人生厌的狗屎——他手指的毛发凝视着他，好像坟墓般阴冷——衬衣和裤子都黏在了身上，就好像他会永远这样醉下去——悔恨之痛沉入心底，就好像有人从上面推进来似的——天空中美丽的白云只会伤害他的眼睛——唯一能做的事情就是趴到地上，脸朝下哭泣——我的嘴干得快炸掉了，连个咬牙切齿的机会都没有——甚至连抓扯头发的力气也没有了。

罗恩·布莱克过来了。他用最大的嗓门唱歌开始了新的一天——我沿小溪而下，跳进沙子里，躺在地上，忧伤地看着溪水。那溪水已不再拿我当朋友，有些让我走开的意思——小木屋里一滴能喝的东西也没有，那些该死的吉普车载着那些健康的人走了，剩下我自己跟这个热情高涨的小孩子瞎玩——我曾经救过一些溺水的小虫子，只是因为我那时迷迷糊糊的孤单而快乐，可现在它们在我伸手可及的地方淹死我也无动于衷——蜘蛛还在厕所里忙着自己的事——阿尔夫在远处的山谷中满腹哀伤地悲鸣，表达的正是我的感受——蓝鸟围着我不停鸣叫，仿佛因为我太累太绝望而不再给它们喂食，于是它们就想着办法质问我。“它们都是些可恶的贪吃鬼。”

我埋在沙子中的嘴抱怨道——曾经快乐地汩汩流淌的溪水，现在却是无休无止、糊里糊涂、毫无意义地唠叨，最讨厌的是它什么都不懂——我原来那种世间的一切表象，所有城市、所有朝代都被亿万年的淤泥所覆盖的想法，只不过是喑哑无用的烂想法，“只有愚不可及一本正经的傻瓜才这么想，还为这些胡思乱想而飘飘然”（因为从某种意义上说，酒鬼学到了智慧，不知是歌德还是布莱克，还是别的什么人说过：“通往成功的路在于超越。”）——不过在这种情形下，你只能说“智慧不过是使人恶心的另一种方式”——“我恶心！”我对着树木、对着周围的树林、对着上面的小山大声嚷着，绝望地看着四周，没人在意我——我甚至能听到罗恩在屋里唱着歌吃午餐。

更可怕的是，他想表达他的歉意，还想来帮助我。“为你做什么都行”——后来他一个人去散步，我走进小木屋，躺在帆布小床上，吟唱了两个小时的哀歌：“哦，上帝啊，为什么你让我病成这个样子——爸爸爸爸帮我蜕去皮毛——哦我好恶心啊——我想去厕所，我干什么都觉得这么没劲——啊好难受——哇呜哇呜哇呜——”（我“哇呜哇呜哇呜”地唱了好长时间，我觉得足足有一分钟。）——我翻了个身，又找到了继续呻吟的新理由——我觉得自己孤身一人把一切一切都放下了，就像我听说我父亲所做的那样，那年夜里，他躺在我旁边的床上，被癌症折磨得奄奄一息——我终于费尽力气摇摇晃晃地站了起来，走过去靠在门上。我带着不断叠加的恐惧感，意识到罗恩·布莱克一直拿着本书坐在那儿，他听到了发生的一切——（我现在担心以后他跟别人会怎么说这些事情，听起来肯定特别恐怖）——而且还很弱智，甚至很白痴，也许只有法裔加拿大人，谁知道呢？——“罗恩，不好意思让你听到这一切，我病了。”——“我知道，伙计，没事，躺下来睡一会吧！”——“我睡不着！”我愤怒地嚷道——我其实想喊：“滚蛋，你这个小白痴，你他妈的怎么知道我的感受！”不过后来我意识到老家伙有多惹人讨厌、绝望无助，可他觉得他正在和他心目中的伟大作家享受着伟大的周末，他会告诉他所有的朋友这个聚会是多么时髦狂野，他还会把我做的、我说的都告诉别人——不过我也希望他学到的是禁酒与节制，或者是真正的垮掉派精神——因为我唯一比这更加恶心、更加疯狂的时刻，是两周后我和戴夫带着两个女孩回来，一起进入了最后的恐怖之夜。

二二

可是看看吧：到了下午，一刻也静不下来的年轻人罗恩想搭个便车到蒙特利，先去看看麦克李尔。我说："好啊，你去吧！"——"你不跟我一起去吗？"他问我搞不懂为什么这个"在路上"的英雄居然不再搭便车了，"不，我想待在这儿歇歇——我想自己待会儿"，这是真话，他离开后在小木屋正上方的峡谷公路上拼尽全力大吼了一声，就上路了，他一走，我就一个人坐在门廊里晒太阳，而且终于又开始喂鸟了，我洗了袜子、衬衫和裤子，然后挂在灌木丛上晾晒，在潺潺流淌的小溪边跪下来，咕咚咕咚喝了好几吨水，静静地凝视树木，太阳一下山，我就举起手来发誓，我像从前一样正常了：一切就是这么突然。

"罗恩和其他那些伙计，戴夫和麦克李尔这些人，还有以前那些哥们，难道都是一群让我发疯的巫师？"我认真地思考了这个问题——想起了我童年时经常出现的幻想，那时我从圣约瑟夫教会学校走路回家，或者坐在家里的客厅里，经常非常认真地思考一件事，就是世界上所有人都在逗我玩，而我却不知道，因为每当我转身去看谁在我身后时，他就迅速恢复原样，表情也毫无异样，可是我的眼睛一离开，他们就冲到我脖子后面窃窃私语，叽叽偷笑，酝酿阴谋，他们悄无声息，你听不到声音，当你迅速回头捕捉时，他们却已经不露破绽地恢复原状，还若无其事地说："告诉你烹饪鸡蛋的最好的方法是……"或者眼睛看着别处，嘴里却开始哼唱查特·贝克的歌，也或者说："那次我跟你说过吉姆吗？"——可是我的童年幻想还包含这样一个事实，即世界上每个人都在拿我取笑，因为他们是一个永恒的秘密团体或者天堂社团的成员，他们知晓世界的秘密，而且特别认真地捉弄我，于是我醒过来看到光明（其实就是受到启蒙）——于是我，“蒂·让”成为世界上最后一名蒂·让，最后一个可怜而高贵的傻瓜，那些在我脖子后面捣乱的人是地球上的恶魔，是上帝把我扔到了他们中间，我是个小天使，仿佛我就是最后的耶稣！那些人都在等待我意识到这一点，然后突然醒来抓住他们的偷窥之举，之后我们会一起进入天堂，突然放声大笑——可是动物们不会跑到我们背后去捣鬼，我的猫总是闲来无事就忧伤地舔它的爪子，而耶稣呢，他则忧伤地看着这一切，从某种意义上说像只动物——他不从我脖子后面偷窥——这是我信仰耶稣的根本原因——因此，毫无疑问，这个世界唯一真实的事物是耶稣和羔羊（动物），还有曾给予我指导的兄弟吉拉德——同时，一些偷窥者也很善良很忧伤，就像我父亲，可他们不得不跟其他人上同一条船——可是我就要觉醒了，那时，世间万物都会消失殆尽，除了天堂，也就是上帝——这就是为什么在经历了许多年华老去之后，很奇怪的是，你一定会接纳那些童年幻想，在我看到令人眩晕的金色永恒景象之后，在其他人看到之前或之后——这种景象就包括我在树林里沉浸在佛教思想的冥想中，达到心神平静，杂念止息的三昧状态，我就觉得自己是一个特别孤独的天使，是从天堂派入凡间的信使，告诉所有人，或者用例证向所有人昭示，他们这种偷窥的社会实际上就是撒旦的社会，他们都误入歧途了。

这就是我的基本背景，现在处于灵魂的成年灾难之时，由于过度饮酒，所有这些都轻易地变成得虚无缥缈，世上所有人都蛊惑我，让我发疯：我潜意识里肯定相信这一点，因为罗恩·布莱克一走，我立刻就好了，而且可以说是心满意足。

我真是特别心满意足——第二天早晨起床时比以往更快活、更健康、更有决心，我的老朋友大瑟尔又属于我了，善良的老伙计阿尔夫来了，我给它喂吃的，拍拍它粗糙的长满杂乱鬃毛的脖子，远处的米恩莫山不过是座阴郁的老山丘，滑稽的灌木围绕在四周，山顶则是一片安静的农场，我整天悠然自得，自娱自乐，再没有那些巫师和豪饮的打搅——我又哼起了小曲："我的灵魂不下雪，你知道吗，我灵魂的颜色是中间极！"以及诸如此类的傻玩意——我大声叫嚷："要是马亚瑟是巫师，他准是特别搞笑的那种！哈哈哈！"——还有那只傻乎乎的蓝鸟，一只脚钩在门廊横杆上，正在啄肥皂吃呢，对那些谷物则视而不见，我冲它大笑大叫，它却抬头看着我，一副酷酷的可爱表情，似乎在说："怎么了？有什么不对吗？"——"哈哈，走错地方了。"另一只落在旁边的蓝鸟说完就突然飞走了——我生命中的一切似乎又变得美丽了，我甚至开始回忆起这次狂饮作乐的疯狂记忆，甚至走得更远，想起了我这辈子所经历的所有疯狂之事，真是不可思议啊！我们自己的灵魂深处居然能够升腾起如此巨大的力量，我觉得这种力量大得能够移动山脉，能够让我们再次抬起沉重的双脚前行，似乎幸福来得毫无缘由，其实美好的原动力就在我们的骨子里——我看海时觉得它不再可怕，我就随口唱着"海里的七万个阴谋家"，回到小木屋静静地倒了一杯咖啡，这样的下午，多么舒适惬意！

我出去砍柴，用斧子砍倒后把木头拽到林外放在路边，最后再轻松自在地扛回家去——我还调查了一下小溪下游的一个小木屋，那里面有十五根火柴，正是我急着要用的东西——我喝了一口雪莉酒，太难喝了——还找到一本很旧的《旧金山年史》，里面从头到尾都有我的名字——在小溪中间劈砍了一大段红杉木——就这么过了一天，太完美了，这一天以我一边缝补那件神圣的毛衣，一边唱着“没有像家的地方”结束，然后又想起了妈妈——我甚至一头扎进满地堆放的书和杂志里，我读完了“玄学和灯光下目空一切的叫喊”“无厘头玩笑的禅学理由”，把杂志扔到一边，说了句“绝对是肤浅之辈喜爱的东西”——接着我那不断转移的注意力又停留在两位不熟悉的世纪末诗人身上，一位叫特奥菲·马纪阿[①]，另一位是亨利·哈兰[②]——晚饭后我小睡了一会，梦到了美国海军，一艘船在战场附近锚定，是在一个岛上，不过四周一片昏昏欲睡的样子，两个水手拿着鱼竿，沿着踪迹前行，一条狗走在他们中间，他们到山丘上静静地做爱：船长以及所有人都知道他们是同性恋，但他们都并不因此而发怒，反而被这种温柔的爱情蛊惑得心醉神迷：只见一个水手拿着个双筒望远镜在船尾偷窥：本来应该有场战争但是什么也没发生，只是洗了洗衣服……

我从这个有点荒唐但又奇异美妙的梦中醒来，感觉非常愉快——现在每晚都能看到星星。我走出去坐在门廊里那张帆布椅子上，抬起脸，直面上空发生的隐秘闲散的事情，星星在天空躲躲闪闪，所有的星星都因幸福的哀伤而哭泣，“傻冒”银河中到处都充溢着白色奶油，上面布满了光年形成的小径，这些小径都同戴姆·

① Theo Marzials（1850—1920），19 世纪英国诗人。
② Henry Harland（1861—1905），19 世纪美国小说家。

梅·惠蒂[1]和山岳那么老——我在月光里朝米恩莫山走去。八月的月光照亮了小山，能够看到薄雾笼罩的华丽山脉从地平线升起，仿佛在对我说："你不必用无尽的思考折磨你的意识。"于是我坐在沙子里审视灵魂。我又看到往日那些未曾开放的玫瑰——太奇妙了，仅仅几个小时就有了这样的变化——我还有足够的体力走回海边，突然间，我觉得整个峡谷形成了一幅如此美丽的东方丝绸画卷，你从一端把这美丽画卷慢慢打开，然后一直延展，延展，画卷中一片山谷，之后是悬崖突现，忽又看到独坐在灯光明亮的小屋里的菩萨佛祖，小溪、岩石、树木突兀闪现，接着是突兀的白色沙滩、突然现身的大海，大海之后画卷便到了尽头——忽浓忽淡、朦朦胧胧的玫瑰夜色，还有重重叠叠的疏影浓阴，都诉说着夜色是多么短暂——长长的一幅画卷从薄雾笼罩的小山间的畜牧栅栏那里展开，经过沐浴着月光的牧场，甚至还有小溪旁的干草堆，往下延伸到小路，渐流渐窄的溪水，之后就是大海的神秘——于是我细细观察峡谷处的画卷，嘴里却唱道："人类是忙碌的小动物，可爱的小动物，他对一切的思考，还不如一泡屎。"

其实回到小木屋，做入睡前的热饮料的时候，我甚至像天使一样唱起了《甜蜜的十六岁》(我敢肯定比罗恩·布莱克唱得好)。一切往日的记忆，比如老爸老妈、马萨诸塞州的立式钢琴，旧日夏夜的歌唱——我就是这样入睡的，在门廊的星空下面，黎明到来时，我带着幸福的微笑翻了翻身，因为猫头鹰在跨越山谷的两棵巨大枯树上呼号回应，哇呼哇呼哇呼。

---

① Dame May Whitty (1865—1948)，美国女演员。

也许密勒日巴[①]说得对："尽管你们这新一代的青年居住在被欺诈之灾侵染的城镇，但与真理的联系仍在"——（公元八九〇年就说了这样的话）——"当你独居幽静之地时，不要留恋城市的欢乐……你应当审视内心，反省自身，这样才会找到方向……我找到的财富是神圣的无尽财富，我找到的伴侣是虚空的永恒福祉……在这狮虎咆哮之地，母虎充满伤感、声音颤抖着吼叫，让我想起它那些调皮嬉戏、招人疼爱的小虎……我像个疯狂之人，无欲无求……我对你说的尽是诚恳真实之语……这是我疯癫之中说的话……啊，你们这些不可尽数，怀有母爱的人啊，由于想象中命运的驱使而见到无数幻象也经历了无穷的情感历程……我笑了……对着瑜伽信徒，一切都美好而灿烂！……自我愉悦的天穹庇佑的这美妙寂静之地……在这样令人愉快的地方，在一片孤寂之中，我，密勒日巴，幸福地存在，静心冥想被空寂照亮的心灵——经历的盛衰浮沉越多，我越感到快乐——恐惧之心越强，我越感到幸福……"

① 密勒日巴（1052—1135），西藏著名哲人及诗人，极受藏人爱戴。此处译文为按照英文内容译成的现代汉语。因这些诗句原选自密勒日巴《尊者道歌集》，故将其诗歌之原译文引注在此，供读者对照阅读。"汝辈青年之学尼，虽居杂染村镇中，由宿善故闻佛法"；"寂静山中谧居时，莫思城市之娱乐……摄入内心得成就……内藏无价如意宝，广大法身似虚空……于此药磨狮虎崖，母虎吼生动心弦，令我忆起诸小虎，围绕母侧戏疯癫，浑真可爱令人怜……心如狂人无所求……我仅告汝真实语……此乃吾之疯癫语……无数如母有情众，尔为幻命之力驱，尔见万相历万情……我笑……光明瑜伽乐遍满！于此寂静妙善地，化自在天自受用，合时音声皆朋辈……如是寂寥山隐处，有我密勒习禅定，乐哉观心本空寂，乐哉心空显光明——乐哉猛起与狂跌——恐怖之境增大乐……"

二三

可是早上（我不是密勒日巴，他能光着身子坐在雪地里，有一次还有人看见他飞起来），罗恩·布莱克跟帕特·麦克李尔还有帕特的漂亮老婆一起回来了，天哪，还有他们甜美可爱的五岁的小女儿，她在田野里蹦蹦跳跳找野花玩，真是一道可人的风景，这个被人类摧残的峡谷，在她眼里却是原始伊甸园的美妙清晨——确切地说，美妙的清晨逐渐来临——因为有雾，所以我们关上百叶窗，点火点灯，我和帕特，坐在那儿喝着他带来的酒，谈着文学和诗歌，他老婆坐在旁边听，偶尔站起来热点咖啡和茶，或者出去跟罗恩和小女孩玩一会儿——我和帕特严肃认真，谈兴浓厚，我感到孤独在我胸腔内颤抖，它不断对我发出警告：你其实很喜欢跟人在一起，帕特在这儿你很开心。

帕特也许不是我见过的最英俊的男人，但至少帅气十足——奇怪的是，他在自己的诗集前言里宣称他的英雄，即他的三位导师，是珍·哈露[①]、兰波和比利小子[②]，不过他自己就很帅，完全可以在电影里饰演比利小子，同样是黑头发、细长眼睛的帅模样，和你期待传说中的比利小子一样（我觉得不是真实生活中的威廉·邦尼，据说他是个满脸疙瘩、痴呆愚蠢的恶魔）。

于是我们在小木屋舒适的暗淡灯光中，在少女般温暖的红色火炉旁开始更广泛深入地讨论，无所不谈，我为了好玩戴着副墨镜，帕特说：“嗨，杰克，昨天甚至去年，甚至是十年前，我第一次遇见你时，我都没机会跟你聊天，我记的那时候特别怕你和波梅雷。一天夜里，你们带着几根茶叶跑到我这里，我觉得你们就像两个偷车贼，或者银行劫匪——知道吧，他们写了许多无聊的东西嘲笑我们，嘲笑旧金山或者说垮掉派诗歌、垮掉派作家，因为我们中的大多数看起来根本不像作家，也不像知识分子什么的，我得说，你和波梅雷看起来特别让人害怕，不过当然了，我也好不到哪儿去。”——“老兄，你真应该到好莱坞去扮演比利小子。”——“我更愿意去好莱坞扮演兰波。”——“也是，反正你演不了珍·哈露。”——“我可真希望能在巴黎出版我的《暗褐色》，我说你要觉得有戏就帮我跟伽里玛出版社或者吉雷迪亚斯[3]说一声，会管用的。”——“我不知道。”——“我跟你说，我读了你那本《墨西哥城蓝调》之后，就立刻寻思转向，开始以全新的方式写作，你那本书启发了我。”——“可它跟你的东西截然不同，差着十万八千里呢，我是纠结于语言的组织，可你关注的是思想。”就这样，我们一直交谈到中午时分，罗恩一直进进出出，他和小女伴们去了海滩，而我和帕特根本不知道太阳已经出来了，我们还在小木屋里深坐，谈起了维庸和塞万提斯。

突然，砰的一声，小木屋的门被重重地堆开了，一束阳光刺进了房间，屋内立刻一片明亮，我看到一个天使伸展双臂站在门口！——是科迪！穿着最棒的周末度假的套装！他身边是几个高矮不等的金色天使，从光彩照人的伊芙琳到最耀眼夺目的小天使蒂米，沐浴在阳光中的秀发闪耀着迷人的光泽！——这情形美得令人

① Jean Harlow（1911—1937），好莱坞女星。
② Billy the Kid（1860—1881），著名罪犯，真名为威廉·邦尼（William Bonney）。
③ Girodias，著名出版商。

难以置信，更让人无限惊喜，我和帕特都不觉从椅子上站起来，似乎我们是被敬畏或恐惧高高抬起，不过我并没有感到太多恐惧，看到如此美妙的画面，我更多地感到狂喜和惊异——科迪站在那里一言不发，但却热情地伸展了双臂，摆出这个造型是要给我们惊喜还是要给我们警告，这一刻他简直就是圣米迦勒，太令人难以置信了！这时我突然意识到他刚才都干了什么，他和他的老婆孩子悄无声息地轻轻走上门廊的台阶（这些台阶会发出嘎吱嘎吱的声音），穿过大木板，小心翼翼地踮着脚尖走，在门口站了一会儿，做好准备猛地推开大门，几个人直直地站成一行，然后砰的一声，他撞开了大门，把金色的宇宙掷入嬉皮士帕特·麦克李尔茫然迷眩的眼中，也掷入我那充满惊奇与感激的眼中——这让我想起来有一次，我看见一大群男男女女踮着脚尖，偷偷潜入洛厄尔西街我家后厨房的大门。领头的对我"嘘"了一声，我那时才九岁，惊讶得一动不动，接着他们冲了进去，我爸爸毫无防备，他正用三十年代的老式收音机收听普里莫·卡尔内拉对厄尼·夏夫特的拳击比赛——喧闹的狂欢开始了——科迪一家都比较守旧，可他们全家踮着脚尖潜入进来，却带来了启示录般令人惊异的金色光束，他一直努力制造这种效果，正如我在别的时候说过的，在墨西哥的时候，他开着旧车特别缓慢地行驶在老旧的道路上，我们却因为吸大麻而神思飘然，那时我就看见了金色天堂，要不就是另外一些时候，他总是看起来金光熠熠，就像我说的，在金色天堂的顶端，坐在天堂的沙发上。

他并不是要刻意制造这种效果：他只是带着与生俱来的戏剧神秘感站在那里伸展双臂，似乎在说：看啊，太阳！看啊，天使！他指着他家所有沐浴在金色阳光中的成员这样说道。我和帕特站在一旁看呆了！

“杰克，生日快乐！”科迪大喊，还有那些再平常不过的疯狂而又空洞的寒暄，“我给你带来了好消息！我把伊芙琳、艾米莉、盖比和蒂米都带来了，因为我们太感激了，太开心了，因为一切都顺利死了，完美死了，真是太完美了，兄弟，有了你给我的那一百块钱，我告诉你发生了什么精彩绝伦的故事。”（对他来说绝对是精彩绝伦。）“我出去用我的纳什车做交易，你知道那辆车都没法起动了，可是我得让我那些好哥们帮我把它推到路上去，这个宝贝家伙的颜色是无可挑剔的，绝美紫色，对吧，孩子他妈，是紫色吧？紫红色，特别漂亮的旅行吉普，杰克，真的绝对漂亮。你听着啊，有漂亮的收音机，一套崭新的尾灯，哪儿都好看，下面是簇新的轮胎，油漆喷得又炫又美，那颜色绝对能把你震晕，就是这种颜色，葡萄色！”（伊芙琳低声嘟囔着这个颜色。）“葡萄色其实就是陈年葡萄酒的颜色，杰克，所以我们到这儿来，不仅是来看看你，跟你道谢，我们还要庆祝一下，最重要的是，有些场合我老是特脆弱，爱动感情，傻乎乎的，嗨嗨嗨，来，孩子们都进来吧，一会我们出去开着那辆车兜兜风，准备好今天晚上咱们要睡在外面，美美地享受新鲜空气。杰克，最重要的是我都等不及了，我告诉你，我有了新工作！开着这辆崭新的酷酷的小吉普！新工作就在洛斯加托斯，其实我也用不着开车上班，走着去就行，也就半英里的路。孩子他妈，你过来，见见老帕特·麦克李尔，把我们带来的鸡蛋或者肉排去做一做，把带来的那瓶‘一生玫瑰’酒打开，让老醉鬼杰克过过瘾，他可是我的好哥们儿，我要亲自陪他走到吉普车停的地方，就我们两个，打开门，你有围栏的钥匙吧，杰克，好嘞，我们像以前一样，边走边聊，我把这艘崭新的小船不慌不忙地开到中国去。”

因为和科迪在一起，一天变得焕然一新，一切都是全新的，当我们突然又单独在一起时，我甚至真的感觉整个宇宙都变得全新了，这是很久以来，我们第一次飞快地走在路上，去汽车停泊的地方，他一边看我一边搓着手，眼神坏坏的，似乎要在我身上引爆世间最大的惊喜：“老伙计，告诉你，我这里有最时髦、最时髦的、世界上最棒的、全都带黑毛带小籽的、压得很紧实的超级大麻烟。我们现在就点上吧，所以我刚才没让你带酒，明白了吧！哥们儿，我们有的是工夫喝酒跳舞。”说着他就点上了，又说，“别走那么快，我们像以前那样慢慢溜达。记得以前我们闲来没事就到铁轨上去，要么就走过第三大街和汤森德大街的柏油路，就像你说过的，我们一起看太阳下山，使馆路口的上空是那么绝美，那么神圣的一片紫色——是啊，慢慢走，轻轻松松地，看看这个迷人的山谷。”于是我们开始吞云吐雾，像以往一样，我们的头脑中升腾起难以捉摸的虚妄幻象，我们居然一言不发地走到了车前，真是漂亮的葡萄色，是辆装备齐全的崭新吉普，我们这次金色的重聚退化为科迪平淡务实地演说，告诉我们这辆车为什么是个大宝贝（技术性细节），我甚至大喊着，想快点打开围栏：“快点，别磨蹭了，哈哈哈。”

不过说到大麻引起的妄想症，这还算不上什么特色，也许下面这个可以算——我已经很长时间没碰它了，因为它让我心里难受——不过我们还是缓慢地把车开回小木屋那里，伊芙琳和帕特的老婆凑在一起，喋喋不休地聊着女人的话题，我、麦克李尔和科迪围在桌子旁，商量着带孩子们去海滩。

伊芙琳就在那儿，我已经有好几年没有机会跟她聊天了，想当年我们在火炉边彻夜不眠，谈论着科迪的灵魂，科迪这个科迪那个，你都听到科迪的名字在整个美国大陆的屋顶下回响，所有人都在听他的女人们谈论他，她们说起“科迪”这个名字时似乎有一种痛苦，但又夹杂着少女尖叫的快乐感觉，“科迪应该学会控制身体中过于狂暴的力量”以及科迪“总是不断修正他那些善意的小谎言，搞到最后都成有意的伤害了”，而且根据欧文·加登所说，女人总是打着横贯大陆的长途电话，只为谈论他的大鸡巴（可能是吧）。

因为他总是特别慷慨、不遗余力地跟他的女人建立彻底而全面的关系，发展到最后是像章鱼一样七缠八绕，纠结在一起的灵魂、眼泪、口交、旅馆开房计划，以及冲下车去冲上车来冲进门里冲出门外，还有午夜的巨大危机，哇，那个疯子，至少有一天你可以在他的墓碑上写下“他生活，他流汗”——过渡住所①从来都不是科迪的家——不过现在我得说，他大概受到了甜蜜的惩罚，最后变得有些厌世，在经历了被抓捕被判刑这些可怜的不公正待遇之后，他似乎安静下来，以前他穿上袜子，整理文件，准备离开时，便开始高谈阔论起来，为了让屋里每个人都满意，就不厌其烦地阐释他每一个想法，可现在他只是毫不在意地把它扔到一边，然后索然无味地耸耸肩——受耶稣会士的影响——不过会记得小木屋里科迪典型

① Halfway house，亦称过渡疗养地，过渡教习所：一种恢复正常生活的中心，提供给那些刚离开诸如医院、监狱等机构的人，以帮助他们调整过来去适应外部世界。

的疯狂时刻：错综复杂却又浑然天成，包含着千千万万的细微差别，仿佛所有造物在一瞬间突然既向内又向外地炸裂：这个时候，帕特天使一样漂亮的女儿跑过来，递给我一朵特别特别小的花（“给你，”她说着径直就给了我）（也许这可爱的小女孩觉得我需要一朵花，也许她妈妈为了教她如何更加迷人，比如说如何打扮自己时跟她讲过），科迪兴奋异常地对他的小儿子蒂米讲：“永远不要让右手知道你的左手在干什么。”在这个时候，我则试图用手掌握住这朵小得不可思议的花儿，可它太小了，我根本握不住，我几乎感觉不到它，也几乎看不到它，说实话，这么小的花儿也只有小女孩能够找到，我抬头看看科迪，他正跟蒂米说话，也是想吸引正看着我的伊芙琳的注意，我说道：“永远不要让左手知道右手在做什么，可这只右手连朵花都拿不住。”科迪只是抬了抬眼皮说：“是啊，是啊。”

于是，犹如天堂般神圣的团聚和惊喜派对，渐次蜕变成许多炫耀性的谈话，至少我是这样，不过我喝起酒来就感觉有些飘飘然了。我们一起去海滩——我和伊芙琳走在前面，可当我们走到狭窄地段时，我就像印第安人一样走到前头，让她明白，整个夏天我都是伟大的印第安人——我真想一股脑地把一切都讲给她听——“看那边的小树林，有时你会被吓呆了，看到那个骡子静静地站在那儿，额头的卷毛像是路德的头发，一头巨大的像《圣经》中般冥思静想的骡子，或者看那边，看上边，看看那座桥，你觉得怎么样？”——孩子们都被那辆翻转的汽车残骸吸引住了——有会儿工夫我坐在沙子里，科迪朝我走了过来，我挠着胳肢窝，模仿着华莱士·比里①

① Wallace Beery（1885—1949），演员，第五届奥斯卡最佳男主角。

的口气对他说："诅咒人死在死亡之谷。"（这是伟大的电影《死亡之谷的骡队》的最后一句台词。）科迪说："没错，要说谁能模仿老华莱士·比里的话，只有你这种方式不错，你的声音和语气恰恰体现了那种气质，诅咒人死在死亡之谷，嘿嘿，不错。"接着，他却跑去跟麦克李尔的老婆聊天去了。

所有人都分散在海滩各处，茫然地望着大海，有种奇怪的忧伤弥漫，是那种心不在焉，但又像野餐一样轻松的忧伤——有一会儿，我跟伊芙琳说，总有一天夏威夷的潮汐能够轻易到这里来，我们将看到几英里外可怕的巨大水墙。"小伙子要跑回去，爬上那些悬崖得花些工夫吧，呃？"可是科迪听到了，他说："什么？"我说："我敢打赌，我们都会被冲到萨纳斯去。"科迪说："什么？我那辆新吉普怎么办？我们回来把它移走！"（他总是这样幽默地搞怪）。

"这里的雨水是否丰沛？"我对伊芙琳说这话的目的是为了向她展示我是多么了不起的诗人——她真的爱我，过去她曾像爱丈夫一样爱过我，有段日子她有两个丈夫，科迪和我，我们曾经是个完美的家庭，直到科迪最后嫉妒了，或许也是我的妒火渐浓。有过一段特别疯狂的时期，我从铁路上干完活回来，全身脏兮兮的，拿着灯回到家。可我刚进屋，准备快快活活地洗个泡泡浴时，科迪那老家伙接了个电话就冲出去了，于是伊芙琳有了第二轮的新丈夫。当黎明时分，科迪全身脏乎乎地回家洗泡泡浴时，叮铃铃，电话响了，工友们叫我出去，我就急急忙忙出去干活，我们两个轮流使用同一辆破旧的老爷车——伊芙琳总是坚持说，我和她才是天生一对，可是她此生此世却命里注定要服侍科迪，这一点我坚信不疑，我也相信她爱科迪，可是她却说：“我会跟你在一起的，杰克，在另一世……你会非常幸福的。”——“什么?”我大声开着玩笑，“没准儿我会在命运永恒的府邸努力往上跑，好摆脱你呢，呵呵!”——“那你得用所有的来世摆脱我，”她伤心地说，这又让我嫉妒，我想听她说，我永远不可能摆脱她——我想永远被她追逐，直到我完全捕获她为止。

“哦，杰克，”她说着就在海滩上抱住了我，“很高兴再次见到你，哦，我真希望我们能再次安静下来，一起吃家里自己做的披萨，一起看电视，你有那么多朋友，要负那么多责任，真是很悲哀，而且喝酒还有一切事情都让你恶心，为什么不跟我们在一起住段时间休息休息?”——“我会的。”——可是罗恩·布莱克对伊芙琳满腔热情，为了吸引她的注意，不断地过来跟海藻跳舞，他甚至求我去问问科迪，能否让他单独跟伊芙琳待会，科迪说：“去吧，伙计。”

酒都喝光了，罗恩也终于得到与伊芙琳单独相处的机会。我和科迪还有孩子们坐一辆车，麦克李尔一家坐另一辆去蒙特利，为今夜采购些东西，再买些香烟——伊芙琳和罗恩在海滩上点起篝火，等我们回来——我们开车的时候，蒂米对爸爸说：“我们应该把妈妈带上，在海滩上裤子会被打湿的。”——“现在他们一定在冒热气，”科迪说着令人称奇的双关语，一副无所谓的样子，同时开着车在狭窄泥泞、令人生畏的峡谷道路上乱窜，就像电影里在山路上逃亡的镜头一样，我们跟可怜的麦克李尔拉开了几英里远的距离——当科迪开到狭窄困顿的急转弯时，死亡都在下面的深渊里凝视着我们，可他只是边转着弯边说：“在山路上开车的方法就是，小伙子，不要惊慌失措，那些路不会动，动的是你。”——我们下了公路直奔蒙特利，在这个大瑟尔的黄昏，你能听到海豹在薄雾笼罩、泡沫堆积的岩石上哭号。

二四

在夏季露营地，麦克李尔展现了潇洒帅气、但又流露着些许“颓废”的兰波式性格的另一奇异之处，他走进客厅的时候，天哪，肩膀上站着一只鹰——是他的宠物鹰，首先，这只鹰像夜一样黑，它站在肩膀上，恶狠狠地啄食麦克李尔举起来的一块汉堡——其实这一幕蕴含着一种罕见的诗意，麦克李尔的诗歌其实就像这只黑鹰，他总是写黑暗、黑暗的褐色、黑暗的卧室、移动的窗帘、化学火焰、黑色枕头、化学燃烧的血红黑暗中的爱，他把这些都用美丽的长句写出来，并把它们不规则地排列在页面上，却也显得恰如其分——潇洒之鹰麦克李尔，我突然明明白白地喊道：“现在我知道你真正的名字了！是麦克李尔！麦克李尔是苏格兰荒野上神出鬼没的野游侠，他的鹰要发疯了，就狂暴地撕扯他的白头发”——反正就是这样一些蠢事，现在感觉又好些了，因为我们又买了些酒——该回小木屋了，要通过这条黑暗的公路，也只有科迪才能飞过去（戴夫·韦恩甚至会飞得更出色，不过你跟戴夫·韦恩在一起会觉得更安全些，原因就是，当科迪把黑暗的夜从车轮中推挤出去时，总给你一种末日隆隆降临的感觉，这倒不是因为他完全失去了对车的控制，只是你感觉车会突然飞向天堂，或者至少飞入俄国人所说的“黑暗宇宙”，当科迪在夜里沿公路的白线飞驰时，窗外是轰隆隆的加速冲刺的声音，跟戴夫·韦恩在一起是平静地交谈和平稳地航行，可是跟科迪在一起就会有越来越糟的危机感）——这时候他对我说：“不仅今天而且其他时候也跟伙计们在一起，麦克李尔的漂亮老婆，哇，穿着紧身的蓝牛仔，哥们儿我看见她天真无邪地跑来跳去，不由得坐在树下哭了，呜呜呜，我告诉你我们要做什么吧，老兄：明天我们要回洛斯加托斯，全家都回，我们要在七点钟去看戏，名字叫《轰走坏蛋》，然后我们就把伊芙琳和孩子们送回家——”——“看什么？”——“看戏。”他突然模仿起姐妹会中的妇女那疲惫烦躁的声音来，“你到了那儿坐下来，然后这出一九一〇年代的老戏就开演了，说的是坏人不让赎回抵押品的事儿，假胡子，你知道吧，还有白布做的眼泪，你就坐在那儿看着，把坏蛋轰走，想怎么轰就怎么轰，就我所知，你还可以坐在那，大嚷粗话脏话，或者一些我听不懂的话——这是伊芙琳的世界，你知道吧，她设计布景，我在监狱的时候她就做这些事，我总不能不让她做吧，事实上我从不说她一个字，有了家庭、做了父亲之后，你就得跟小女人相处，孩子们也喜欢这个，这事儿结束之后，你把坏蛋轰走之后，我们就把她们送回家，然后，老兄……”脑子里想着这么多事儿，车还在猛地加速，鹰像夜色一样黑，它坐在那里一动不动，不再充满激情地搓手了，还发出呜呜的声音，“我跟你要飞下海湾的公路了，像平常一样，你又该问我那些傻乎乎问题了，只有俄克拉荷马州的酒鬼才会这么问，嗨，科迪，”（咕咕唧唧得像个醉鬼）“我觉得我们到了伯林盖姆了，对吧？可你老是说错，嘿嘿，这个又疯又傻的臭杰克，然后我们挤到城里去，直奔我可爱的小宝贝薇拉米娜，因为我想让你去见见她，还想让你深入了解她，因为她也要深入了解你，我亲爱的老坏蛋杰克，我会让你们这两只小爱情鸟单独待几天，你可以住在那儿，跟那个可爱的小女人享受几天，这也是因为——”（他的语气变得正经起来）“我真的想让她尽量多深入了解一些，你跟她说你知道的那些事儿，听见了吧？她是我的精神伙伴，心灵密友，也是情人，我希望她幸福，也希望她学到更多。”——“她长得怎么样？”我很粗鲁地问道——我看到他脸上闪过一丝不满，他真的很了解我。“嗯，还行，她长得不错，我只能说她那娇滴滴的小身体还是挺迷人的，而且她是到目前为止在床上第一个、唯一一个、最后一个让你喜欢的人。”——我们一起开长途车时，科迪就让我给他的美人们做副情郎，这样一切就可以更紧密地联系在一起了，他真的很爱我，像兄弟一样，有时比兄弟还要好，有时候他也跟我发火，尤其是我稀里糊涂做些错事，比如喝得烂醉，还有一次我几乎把汽车的换挡手柄拽下来，因为我忘记了我正在开车，那一次我居然让他想起了他的酒鬼老爸，不过更不可思议的事儿是他让我想起了我父亲，于是这种奇怪的没完没了的父亲形象贯穿始终，使我们的关系一直持续，有时还伴随着眼泪，对我来说一想起科迪来就特别想哭，有时候他看着我时，我也能看到他眼睛里闪烁的泪光——他让我想起我父亲，因为他也经常大吼大叫，火急火燎，总是往衣兜里塞满赛马表格、报纸和铅笔，夜晚我们都准备好去完成他以极其严肃认真的态度对待的一些使命，就好像这是我们最后的机会，可最后总会以喧哗欢闹毫无意义的“马克斯兄弟”[①] 式的历险收尾，这倒给了我更多爱他的理由（还有我爸爸）——就这样——最后我把这些写进了书里（《在路上》），我还忘了提及两件重要的事情，首先，童年时我们都是虔诚的天主教徒，这使我们性格里有了一些共性，尽管我们从来没有谈及这些，

① Marx Brothers，由五兄弟组成的一个美国喜剧演员团体。

但它却融入了我们的天性之中，第二件，也是最重要的，是那件奇事，就是我们共享一个女孩（玛丽露，或者，叫她乔安娜也行），当时科迪就宣布：“我们就是这么好的哥们儿，你和我，两个丈夫，不久我们就会拥有整个后宫，真是妻妾成群啊，伙计，我们应该管自己叫什么啊?”（坐立不安）“管自己叫杜洛梅雷，杜洛兹或者波梅雷也行吧，杜洛梅雷，不错吧，嘿嘿嘿。”尽管他那时真是年少无知，不过他却将对我的感觉表达出来了：这毫无疑问是世界上的新生事物，就是说男人们能够真正建立起天使般纯洁的友谊，他们不是同性恋，也不为女孩打架——可是，唉，唯一让我们掀起争斗的东西是钱，还有一次更荒唐，我们为滑到烟纸中间的一小撮大麻烟吵个不停，最后拿着刀来分配每人的份额，我抗议说我想要那些大麻碎渣时，他大声吼道：“在最初的协议里，我们没提到这些碎渣!”他把碎渣都倒进自己兜里，然后涨红着脸怒气冲冲地走了出去，我跳起来收拾东西，大声说着“我不在这儿待了”，伊芙琳要开车送我去城里，可是汽车却发动不了（这是几年前的事儿了），于是科迪没办法，只好帮我们推车，他红着脸，很不好意思，有些抓狂，接下来我们就在圣何塞林荫大道上跑起来。科迪在后面推我们，他不仅在后面推我们，还故意撞击我们，他不仅仅是帮我们发动汽车，还要惩罚我的贪婪，我根本就不应该离开——实际上他后退一会儿再冲到我们后面，然后重重地撞我们——那天晚上，我烂醉如泥，倒在北海滩马尔·达姆莱特酒吧的地板上——不管怎样，我们全部的问题就在于，世界上两个思想最超前的男性密友终究还是因为钱吵了起来，就像朱利恩在纽约说的直接揭露事实的那番话：“金钱是法裔加拿大人唯一要争夺的东西，我想俄克拉荷马人也是一样。”不过我觉得朱利恩倒把自己臆想成只为荣誉而战的高贵的苏格兰人。（尽管我告诉他：“嗨，你这个苏格兰人还是省省口水，放在表袋里吧。”）

Lacrimae rerum[①]，即为一切哭泣，是我和科迪多年来精神生活的写照，我总是说“我和科迪”而不是说“科迪和我”什么的，欧文正看着我们穿过世界的黑夜，他惊讶地咬着下唇说：“啊，西部的天使，天堂的伙伴。”他还写信问我们“现在怎么样，最近怎么样，想到了什么，争论什么，有什么开心的共识”等。

那晚，最后孩子们都在吉普车里睡着了，因为他们害怕又黑又大的树林，我在小溪边的睡袋里睡着了。早晨醒来我们都准备好回洛斯加托斯去看那场关于坏蛋的戏——罗恩没达成心愿，目光哀怨地看着伊芙琳，很明显，她摆脱掉了罗恩，因为她对我说（我并没有责怪她）：“真讨厌科迪就那样把别人强加给我，至少我应该有自己的选择。”（不过她笑了，因为很好笑，科迪的样子真是好笑，他内心纠结焦急地想知道她是不是真的喜欢那样，还是根本就不喜欢）——“至少他并不完全是陌生人，”我想逗逗她——她说：“而且我很讨厌这些性交易，他说的全是这些东西，他的朋友，他们打开一切通道，可以跟上帝一起做造物者行善事，可他们脑子里想的全是屁股——而你却让人感觉清新干净。”她补充道——“可是我真是没有那么清新干净，嘿！”——不过我和伊芙琳的关系就是这样，我们是真正的好朋友，什么玩笑都能开，甚至在一九四七年我在丹佛碰到她的第一个晚上我们一起跳舞时，科迪不安地看着，说

---

① 拉丁文，万事都堪落泪，选自维吉尔用拉丁语所著长诗《埃涅阿斯纪》。

实话，我们有点像浪漫的情侣。有时候我想到神秘的茫茫宇宙，想到在来世她会如何拥有我，我就浑身战栗，天啊——我真诚地相信那也将会是我的救赎。

前路漫长。

二五

无聊愚蠢的《轰走坏蛋》剧目如期上演，我们到达时舞台上扔车扔帐篷的一幕进行得正欢，这是真正的怀旧西部风格，一个高大肥胖的长官拿着两把六连发的手枪站在入口处，科迪说："我给他点颜色瞧瞧。"可是我喝醉了，我们从车里挤出来时，我朝那个胖长官走过去，给他讲了一个南方的笑话（其实就是欧斯金・考德威尔[1]短篇小说里的情节），他听的时候微微笑着，那表情像白痴一样，或者说特别像刽子手或南方巡逻官听北方人讲话时的表情——后来，我们进入漂亮的怀旧西部风格的长廊时，我非常惊讶我看到孩子们在一架旧钢琴上猛敲，我就跟他们一块用尽力气猛弹。我弹的是斯特拉文斯基的和弦，拿着双枪的胖长官走过来用电视里西部片那种威胁的口气说："你不能弹钢琴。"——我很吃惊，转身看伊芙琳，了解到他就是被这里每一个人诅咒的所有权人，要是他说我不能弹钢琴，那我就真的不能弹，这是法律规定——而且他那六连发手枪里装的可是真子弹——他演得有些太入戏了——可我跟孩子们敲钢琴多快乐啊！现在硬生生被拽过去看那张可怕的死脸。我马上就跳起来说："好了，我他妈的走行了吧。"于是科迪跟着我走到车里，我又喝了一大口酒——"我们他妈的快离开这儿。"我说——"我也是这么想的，"科迪说，"其实我已经跟这出戏的导演说好了，让他送伊芙琳和孩子们回家，我们现在就可以进城去了。"——"太棒了！"——"我已经跟伊芙琳说了，我们要走就快走吧。"

“不好意思，科迪，我把你们的家庭小聚会给搅和了。”——“没有没有，”他抗议道，“哥们儿，我必须得管这事儿啊，你知道，要想做个好老公好爸爸，我就得按照承诺在这里露面，可这也太没劲了。”——为了表示这种事情到底有多没劲，我们开始飙起车来，而且不费吹灰之力就超过了六辆汽车——“发生这种事我挺高兴的，它给了我们一个理由，嘿嘿傻笑什么你知道么？我一直在琢磨找个什么借口出来，然后这事儿就发生了！他是个百万富翁，你知道吗！我跟他聊过，他脑子进水了，你没能在演出开始前在那儿傻等，你就偷笑吧，伙计，还有那些观众，噢，啊呀，真让人受不了，我真想回圣昆廷去，不过好在我们可以走了，宝贝！”

于是我们像从前一样，单独坐在车里，趁着夜色在公路上飞驰到某个特别的地方，或者根本就不知道应该去什么地方，尤其是这一次——公路上的白线疾速插入挡泥板，就像焦急不安、迫不及待的电流在夜色里颤抖，为了越过什么、绕过什么，比如绕过小丘什么的，这条白线会出现优雅流畅的转弯，忽左忽右的，简直太美了——在海滨公路的大公路上，他开得太漂亮了，他在车道上轻松自如地来回摇摆，但你却完全意识不到车是向左还是向右转弯，真是太完美了，所有的车都满怀焦虑地看着我们，不过他可是公路上唯一知道如何把车开得炉火纯青的人——蓝色的薄暮笼罩了加州的山山水水——旧金山在前方静静闪烁——在令人敛声屏气的寂静中，我们拿着大麻烟来来回回推让，收音机里则响着律动优美的布鲁斯音乐。我们都望着前方，心里各自都有隐秘的伟大想法，现在

① Erskine Caldwell（1903—1987），美国作家。

这种想法太庞大了，我们已经无法相互交流。假如想要说明白的话，那要用上一百万年，写上亿万本书——太晚了，太晚了，我们曾经一起或者各自看到所有的历史都已变成了图书馆——架子上的图书越堆越高——尽是些模糊的文件或关于模糊事件的记载——思想开成了一个个褶皱，盘旋在一起，交织成深深的洞穴。最后我们再也无法表达我们最新的思想了，于是只有孤独地老去——思想极为强大的天才科迪，我敢说，要是他像以前那样潜心写作，永不放弃的话，他一定会是有史以来世界上最伟大的作家——可我们俩却坐在这儿叹气，真是天大的罪过啊——“不，我写下的唯一的东西，”他说，“是几封给薇拉米娜的信，其实写了不少呢，她把那些信用丝带绑起来，我觉得要是我写本书或者散文集什么的，那就在我离开时把那些信拿走就行了，因为我每周给她写三封信，足足写了两年呢——当然了，问题就是我说过的，你都听了千百万遍了，就是思想在流淌，思想在浮现，可是却根本没人能够看到，咳——唉，他妈的，我不想说了。”另外偷偷瞄了他一眼，发现他对作家没有任何兴趣，因为生活对他来说是如此神圣，除了生活之外根本没必要再做其他事情，写作不过是事后的追思，或是对表象浅尝辄止的试探——可是假如他能够写作！假如他愿意写作！我现在正在加州飞驰，与我的家，我那可怜的猫埋葬的地方，与我妈妈的忧伤远隔千山万水，这就是我正想的事儿。

不知为什么，热爱世界总让我感到骄傲——相较而言，恨就容易得多——可现在我飞驰着，一头栽向最愚蠢的仇恨当中，却还洋洋自得。

二六

尽管科迪这么说，可我很清楚，他今晚真正的安排只有一个，就是我们一起去看比莉，她见到我会异常开心（因为她听科迪说起过我，而且也读过我的书）。其实科迪已经跟伊芙琳商量过，让我在洛斯加托斯他们家里居住的一个月要怎么度过，像以往一样，我睡在后院的睡袋里，不是因为他们不想让我睡在房子里，而是我坚持要这样，睡在满天的星星下面真是很美的事儿，而且当这一家子人起床去上班上学时，我也正好不会碍事——到了中午，他就会看到我跌跌撞撞地从宽阔的后院走进来，打着哈欠要咖啡喝——我是很有条理的，也就是说，我就想这么做，这是我的计划——我们跑到楼上薇拉米娜的房间，突然闯入这间干净整洁布置清爽的小屋，看见里面摆放着金鱼缸、书籍、新奇的小摆设，还有整洁的厨房，到处都一尘不染，比莉就坐在那儿，她长着一头金发，眉毛弯弯的，简直跟满头金发弯弯眉毛的男人朱利恩一模一样，于是我惊叫道："这不是朱利恩嘛，天哪，这是朱利恩！"（我当时已经喝得烂醉，因为我们跟往常一样，在海滨公路上载了一个搭便车的人，他叫乔·伊奈特，我们给他买了瓶酒，我也给自己买了一瓶。我觉得我真的永远都不会忘记乔·伊奈特这个伙计，因为他说他是个俄国人，而且他的名字是古俄罗斯名字。而当我写出我的名字时，他说我的也是古俄罗斯名字，尽管那是法国布列塔尼的）（他还告诉我们他刚刚在公共厕所被一个年轻的黑人莫名其妙地打了一顿，科迪喘着粗气对我说："我见过那些打老头的黑人，在圣昆廷人们叫他们‘壮臂帮’，他们被自己人拒之门外，也被其他狱友拒之门外，他们都是黑人，看起来他们想干的事儿就是殴打没抵抗能力的老头子，他说的绝对是真的。”——“可他们为什么这么干?”——“哦，伙计，我不知道，他们就是想揍那些没有还手之力的老头子，而且使劲打，使劲打，一直打到死。”哦，天哪，听听科迪说的，看看科迪做的，他所了解的世界该多么恐怖啊）——现在我们和比莉坐在屋里，透过窗子又能看到城市闪烁的灯光了，Urbi y Rome①，又回到熙熙攘攘的世界，她美丽的蓝眼睛让人疯狂，弯弯的眉毛，聪慧的脸颊，真是很像朱利恩，我不停地说：“朱利恩，我操!”虽然我醉醺醺的，但我也能看到科迪的眼睛里闪烁着一丝不安——实际情况是，我和比莉的相遇就像是两墩砖块硬邦邦地坐在科迪面前，因此当他站起来说他打算回洛斯加托斯去睡觉去上班时，大家都心照不宣地同意了，我就待在那个地方，不只是今天晚上，而是要待上几个星期，几个月，甚至几年。

可怜的科迪——可是你看，我已经解释了，为什么说这实际上是他潜意识里真正渴望发生的事情，尽管他永远都不承认，而且就这件事编造一些理由，能让他对我发火，骂我是混蛋——不过撇开科迪不谈，我发现在这个寂寞的夜晚，比莉还真是个特别亲昵而奇怪的孩子，我确实需要和她待一阵——其实我和比莉都对科迪说明了原因——真的没有任何恶意，没有男人之间的较量或者任何阴险的东西，这不过是一种奇特的天真，其实就是自然而然的爱的进

① 拉丁语，啊，降福给罗马和城市，来自 Urbi et Orbi，是教皇的祝福用语，意为降福于罗马和城市，意指降福于全世界。

发，而且科迪比任何人更能了解这种感情，不管怎样，是他在午夜离去，还说他明天晚上回来，于是我突然之间就和一位妩媚迷人的女性单独相处了，我们盘着腿面对面坐在散落着书籍和酒瓶的地板上，带着一丝忧郁不停地交谈。

现在回想起来，我感到一阵剧痛和深深的懊悔，因为第一个晚上她的住所还是那么干净整洁，那么优雅迷人——金鱼缸旁边的椅子被我很快当成老头椅据为己用，整整一个星期，我就一直坐在那里喝酒，厨房里布置得极有条理，香料和鸡蛋都巧妙地摆放在冰箱里，也是因为这个原因，比莉可怜的小儿子睡在布置整洁的后屋（这是她已故丈夫的儿子，她丈夫从前也在铁路干活）——孩子的名字叫埃里奥特，我直到深夜的时候才过去看他——手里拿着一大捆科迪从圣昆廷的来信，她开始发表自己对科迪和永恒的认识与看法，可我一直在豪饮，我只能不停地说："朱利恩，你说得太多了！朱利恩，朱利恩，我的天，我万万没想到我会碰到一个长得像朱利恩的女人……你长得像朱利恩，可你不是朱利恩，而且最过分的是，你还是个女人，怎么他妈的这么奇怪！"——最后她只好把喝得烂醉如泥的我拖到床上——在我们第一次美好地做爱之后，我才知道科迪说的关于她的一切都毫无虚言——可是关键是，尽管她长得像朱利恩，她还拥有科迪写给她的那一大堆忧伤而抽象的信件，用丝带绑成一捆，尽谈些因果报应，她早晨出去做时尚模特，一礼拜能挣一百块钱，她还拥有我这辈子听到过的最具音乐美感的忧伤的嗓音——她讲话却相当空洞，因为毕竟她的教育是基于真正的加利福尼亚式的歇斯底里方法，她就像科迪以前的情人罗丝玛丽一样，又高又瘦，发色较浅，举止疯狂，总是谈些抽象的东西——

(比如她说："我觉得我能做些什么来缓解内在伦理与普遍伦理之间的矛盾，我认为这正是我的问题，而且我希望能通过治疗得以缓解，比如说，所有的进化都以内省为前提，类似这样的想法。"我叹了口气，可她的确也讲过有趣的事情，比如说："科迪在监狱的时候，我唯一的工作就是为他祈祷，我曾整整祈祷了一天，每天晚上我们确实一起做一会儿祈祷，从九点到九点零九分，可他现在出狱了，我倒不敢确定会发生什么……不过我敢肯定，当我们在某一方面超越了时间，就能促使激情迸发，我们甚至在其他方面都无法跟上它的步伐了……")——不过她还会讲一些对我毫不重要，让我完全不感兴趣的废话，比如关于通道的说法，人类要么关闭通道，要么敞开通道，科迪就是个大通道，他所有神圣的精液都喷射出来，喷到天堂上，我真的记不清了，还有关于命运、叹息，以及为所有这些遮风挡雨的屋顶，还有他们喘口气讲彻头彻尾的废话时，星光正照射在他们可怜的脑袋上——就像写给她的那些信（我偷偷瞅过）都是关于他们是如何相识、他们的灵魂是如何在这个维度碰撞，是因为他们在另一个星球另一个维度没能实现命运的因缘果报之类的话，我根本就不想深入探究——还有一个不争的事实是，当薇拉米娜跟我说话的时候，我真是厌烦得受不了，我只是对她仿佛忧伤音乐的嗓音感兴趣，在这种奇怪的场景中（我觉得也像命运的因缘果报）她看起来很像可怜的朱利恩。

她的声音是重点——她讲话时一副心碎欲绝的样子——她的声音像丢失了灵魂的断断续续的琵琶，很有音乐感，又好像在树林中迷失，有时几乎令人无法忍受，仿佛某个在夜总会唱歌的奇异怪诞的未来派南方歌手，在聚光灯中登上舞台，朝麦克风走去，但却根本不唱，只是不停地说，让男人叹气，女人惊呼，我猜（如果女人也惊呼的话）——因此在她不遗余力地对我讲解那些乱七八糟的无聊东西时（她和科迪，以及第二天来的科迪的新伙伴帕里的那些哲学），我坐在那儿惊叹不已地凝视着她的嘴，琢磨着所有的美感是从哪里来的，为什么——当然，我们最后也很甜美地做爱——她真是个对做爱经验丰富、全知全能的金发小美女，甜蜜中饱含激情，实际上激情太多了，到了天亮的时候，我们居然准备结婚，并于一周后飞往墨西哥——其实我现在可以清楚地预见到，加上科迪和伊芙琳，那是个隆重盛大的四人婚礼。

因为她是伊芙琳的头号敌人——她对做科迪的情人和心灵知己的角色并不满意，她想立刻把伊芙琳拉下马来取而代之，然后把科迪带走，永远不再分开，要做到这一点，她甚至不管不顾地要和老杰克（同样也是老式的）发生一场海枯石烂的爱情故事——她们讲起科迪时几乎没什么区别，只是伊芙琳讲的总是让我听得很着迷——比莉确实让我很烦，不过当然我不能直接把这话告诉她——伊芙琳仍然无可替代，我只是不知道科迪是怎么想的。

哦，女人，那些忽嗔忽喜的小把戏，那些金发女郎，都聚集在旧金山这座伟大而神秘的干闼婆之城。在这儿，我也跟其中的一位在魔毯上独处，咳，首先当然是了不起的狂欢，是崭新而伟大的令人震惊到眼球都迸裂出来的爆炸性经历——不是做梦，我，要做什么——因为那忧伤的极富乐感的声音比莉被我搂在怀里我现在也叫比莉了，比莉和比莉互相搂着，真美啊，科迪已经用某种方式表示了赞成，我们在成吉思汗温柔的爱与希望的云朵中徜徉，从没有过这种体验的人简直是疯子——因为新的恋爱事件总能给人希望，无理性的致命孤独总是被赋予冠冕堂皇的意味，我在大瑟尔深吸一口碘味浓厚的死亡之气时所看到的（像蛇一样空洞的恐惧），现在得到证实，也得到耶撒拿的赞美，像神圣的骨灰瓮一样被举到了天堂，事实上只是在难以言说、令人紧张的爱的忧伤与喜悦中脱光衣服，让智慧与身体碰撞——千万别让那些老顽固跟你说些别的看法，最重要的是，世界上甚至没有一个人敢写出真正的爱情故事，真是太糟了，我们终日与只写了一半就搁浅的文学与戏剧为伍——嘴对嘴躺着，在衾枕的暗影中激吻，腰腿相叠，深陷在难以置信的屈从与臣服的甜蜜中，这离我们头脑中令人恐惧的抽象理论是多么遥远，它让你觉得人们在某种程度上认为上帝反对性爱，是多么荒唐——疯狂欲望的真相被深埋在地下，那么隐秘，它遍布世界，却被藏在挡泥板下，藏在被掩埋的垃圾堆下，从未被报纸提及，而且被作家遮遮掩掩地写成老套的东西，被艺术家描绘成丑陋恶心的东西，哎嗬，听听瓦格纳①的音乐《特里斯坦和伊索尔德》，想想特里斯坦和他心爱的裸体美人在巴伐利亚的原野上，一起沐浴在秋日落叶中的情景。

一切都那么奇怪，过去几周发生的所有事情，我在城市与大瑟尔的进进退退和痛苦中体味，现在一切都理性地堆积起来，仿佛巨大的建筑一般，上面能够建起一个跳水板，让我笨拙地跳进比莉的灵魂中，那么我还有什么可抱怨的呢？

到了午夜，她把四岁大的儿子接回来让我看他有多么美丽的灵

① Wilhelm Richard Wagner（1813—1883），德国钢琴家，开启了后浪漫主义歌剧作曲潮流。

魂——他是我见过的最怪异的人——他长着水灵灵的棕色大眼睛，漂亮极了，他恨每一个接近他妈妈的人，而且还不停地问她这类问题："你为什么跟他在一起，他为什么在这儿，他是谁?"或者"外面为什么那么黑?"或者"昨天太阳为什么明晃晃的?"或者其他任何这样的问题，他就这么问这问那，一刻不停，她则带着极度的喜悦及耐心回答每一个问题，最后我忍不住说："他问你这么多问题你不烦吗？你为什么不让他像小孩那样叽叽咕咕自说自话地瞎玩呢？他拖着你的膝盖，什么都问你，干吗不让他唱歌玩呢?"——她回答说："我回答他是因为我可能会错过他的下一个问题，他什么都问什么都说代表我也许会错过关于绝对的重要的东西"——"你说的绝对是什么意思?"——"你自己就说过一切都是绝对。"当然，她说的没错而且我也意识到，在我肮脏老旧的灵魂深处，我已经开始嫉妒埃里奥特。

二七

我想那夜的床垫允许了这种呻吟不断，灿烂神圣的爱，可同时它也让人感到些许厌烦，我们一起大笑着讨论——第一夜我们整夜未眠，讨论着书里的东西，一直到天亮。从详详细细地讨论科迪，到详详细细地讨论我，再到详详细细地讨论她，再到伊芙琳，再到书籍，再到哲学和宗教，再到“绝对”，最后我轻轻地给她读诗——可怜的孩子只好早晨起来干活去，我则在鼾声中沉醉——可她却做好了精美的早餐，把埃里奥特带到保姆那里，我下午一点钟醒来时只有孤单一人，于是我喝了一大口酒，然后去洗热水澡看书——电话一直在响，从蒙桑托到费根到麦克李尔，甚至到月球人，都打听到我在哪里，电话是多少，尽管他们以前都从未见过比莉，更没有得到允许单独与她相见——我惊恐地意识到科迪会狂怒的，因为他的私生活被这样公之于众。

可是帕里来了——跟我一样，帕里和科迪也保持着奇怪的类似兄弟的关系，因此他是科迪所有女孩的密友，有时就是情人——我明白这是为什么——他长得特别像我，只不过他更年轻，他就像科迪第一次见到我时的样子，可是关键倒也不是这个，他有狂暴迷失动荡的灵魂，因为试图抢劫而获刑，如今刚从索尔达监狱出来。他长着一张孩子似的脸庞，一头长长的黑发垂过脸颊，可是他的胳膊却粗壮有力，我觉得他轻易就能把人折成两半——他的名字也很奇怪，帕里·伊蒂比德，我马上说：“我知道你是什么人，巴斯克人[①]。”——“巴斯克人？是吗？我从来都不知道！我给在犹他州的妈妈打个长途电话告诉她!”于是他就拨了长途电话，记在比莉的账单上，而我一只手拿着酒瓶，嘴里叼着烟，跟一个巴斯克前罪犯给他远在犹他州的妈妈打电话，告诉她，实际上就是让她确信无疑：“没错，我确定这是个巴斯克名字。”——她说道：“嗨，你说什么？你是谁?”——帕里笑得非常开心——真是个奇怪的孩子——实际上在我的文学生涯中，已经好久没有碰到像他这样真正的西班牙硬汉了，他刚从监狱出来，胳膊像钢铁一样结实，对事情的狂热兴致使政府害怕更令官员失色，这就是他这种人总是被关进监狱的原因——可是其实国家通常又很需要这种人，尤其是当衰败的统治者要发动战争的时候——毫无疑问，帕里是个非常危险的人物，因为尽管我欣赏他诗意的灵魂和他身上的一切，可我还是意识到他也许会因为一个念头或者因为爱去炸死别人、杀死别人。

他自己的一些朋友来按比莉的门铃，似乎每个人都知道我在这儿，他们走过来，他们都是奇怪的无政府主义黑人和有前科的罪犯，仿佛他们是个什么帮派，我开始琢磨着——像一伙头脑发热的圣人，这些黑人热烈、疯狂、聪明，可是他们也都有强壮的肌肉，发达的臂膀，而且都有过入狱的记录，可他们说话的口吻却好像世界末日是否到来就取决于他们的语言似的——真难说清楚（可是还是要说）。

其实比莉和她这伙人，对精神问题总是琐琐碎碎，异想天开地胡思乱想，我就很奇怪他们也许就是一个秘密的大型诈骗团伙，尽管我也意识到，我以前在旧金山时就提到过一种短暂的歇斯底里的

① Basque，西班牙比利牛斯山西部居民，伊蒂比德（Ytrubide）这个姓氏应属于巴斯克人。

状态，它隐藏在屋顶上方某个范围的空气中，它能导致自杀或伤残——事实上，这让我想起了就在来海岸之前我曾做过的一个噩梦，在梦里我又回到了旧金山，可那里正发生着一些有趣的事情："整个城市一片死寂：像是印刷工人和油漆工人的一些家伙都悄无声息地站在二楼的窗户上，看着下面空荡荡的旧金山街道：下面不时有些垮掉派分子走过，也是一言不发：他们被监视，不仅当局在监视，每个人都在监视，垮掉派分子们似乎自己拥有全部的街道系统，可是没有一个人说话：在这种深深的寂静中，我乘坐自动运转的月台到了市中心，然后再出去，到了农场，那里有个开养鸡场的女人邀请我与她结合，并与她一起生活——小月台静静地转动，人们从窗子里注视着，他们这群人的轮廓就好像凡·代克[①]画中的轮廓一样，浓烈、多疑、声势浩大——比莉的这些事儿让我想起了那个梦，因为对我来说，唯一重要的就是我脑子里的观念，无论我怎样猜想它都不会成为现实——不过这也暗示了大瑟尔接下来的疯狂。

① Van Dyck（1599—1641），17世纪荷兰著名画家。

二八

奇怪——帕里·伊蒂比德就是第一天比莉上班时来的那个人，我们还给他妈妈打了电话，现在他想让我跟他一起去拜访一个美国军队里的将军——“为什么？所有那些将军都从寂静的窗子里向外望什么呢？”我说——可这并没让帕里感到惊讶——“我们去那儿，因为我想让你挖掘到你从没见过的最漂亮的姑娘。”我们真的搭了出租车——可是“漂亮姑娘”却只是八九岁或者十来岁的女孩，她们是将军的女儿，或者侄女，也或者是隔壁那位不认识的将军的女儿，不过她们的妈妈在，还有一些男孩在后屋里玩耍，我们也带着埃里奥特，帕里一路都把他扛在肩膀上——我看了看帕里，他说：“我想让你看看城里最漂亮的屁股。”我觉得他已经疯狂到极为危险的程度——其实他接着就说：“看到那个绝色美人没有？”那是将军十岁大的女儿扎着马尾辫（将军还没回来）。“我现在就去绑架她。”于是他就过去抓住她的手，他们一起到街上去了逛一个小时，而我就坐在那喝酒跟她妈妈聊天——不知怎么搞的，有种巨大的阴谋感让我发疯——这位妈妈很有礼貌，但却毫无趣味——将军回来了，他是个皱纹满面、额头宽阔的秃头将军，跟他一起来的是他最好的朋友，一位名叫席亚的摄影师，瘦瘦的头发纹丝不乱，衣着极为讲究，是城里一名普通的商业摄影师——我什么都没搞懂——突然间小埃里奥特又在别的房间哭了起来，我赶紧跑过去看，发现因为他做错了什么事情，两个男孩就使劲打他，于是我惩罚了他们，然后像帕里一样把埃里奥特扛在肩膀上，回到了客厅，可是埃里奥特却想马上从我的肩膀上挣脱下来，其实就连让他躺在我大腿上他都不肯，实际上他特别讨厌我的肚子——我不顾一切地打电话给比莉的公司，她说她马上就来接我们，她还说了句：“帕里今天怎么样?”——“他把他说的漂亮女孩绑架了，他想娶一个十多岁梳着马尾辫的小孩。”——“他就是这样，你一定好好欣赏他啊。”——她用富于乐感的忧伤的声音在电话那一端说道。

我把可怜的备受煎熬的注意力转移到将军身上。他说在二战期间他曾经是马基[1]的一名反法西斯的斗士，也是南太平洋的游击队员。他知道旧金山的最好餐厅我们可以到那里大吃一顿，那是唐人街附近的菲律宾餐厅——我说好啊，太棒了——他又给了我一些酒——看到摄影师席亚那张有趣的爱尔兰脸，我大声嚷道：“你可以随时给我拍照啊。”可他却恶毒地说：“不能用作宣传，什么都行就是不能用于宣传。”——“你他妈的说宣传到底是什么意思啊，我跟宣传一丁点关系都没有。”（这时候帕里回来了，他们走进大门，那小女孩牵着他的手，他们到街上去转了转，喝了些可乐。）我意识到每个人都在安静地过着自己的生活，只有我不正常。

其实我多么渴望科迪在我身边，为我解释这一切。可是很快我就明白这一切，就连科迪也解释不清，于是我的疯狂变得更加严重，就像艾琳不知不觉疯掉一样，尽管我还没有意识到——我开始在每个简单的事件中看出阴谋——另外那个“将军”更是把我吓得不轻，他转眼间变成了一个奇怪的、富有的、衣着讲究的平头百姓，甚至不想帮我们支付在菲律宾餐厅用餐的账单，在餐厅遇到了

---

① Maquis，二战中法国的反德游击队。

比莉，而且餐厅本身也特别怪异，尤其是有一个肥硕邋遢又疯狂的厚嘴唇的菲律宾年轻女人，她独自一个坐在餐厅尽头，大口大口往嘴里塞东西，吃相令人厌恶，可她还蛮横无理地看着我们，似乎在说："我操，我就这么吃，怎么了?"肉汤溅得哪儿都是——我真不明白发生的这些事——还有本来是将军建议来这里用餐，可是我却得为大家埋单，他，席亚，帕里，比莉，埃里奥特，我，其他人，这种启示录般的疯狂让我的眼球也在颤抖，我甚至像是在受他们的启示录的指引把钱花光，这启示录是他们在旧金山的寂静中自己创造出来的。

我渴望躲进伊芙琳的怀抱里哭泣，可最后我却躲到了比莉的怀里。她又来了，在第二天晚上，她又开始讲解她那些精神上的观点——"可是帕里怎么样了？他干什么呢？那个奇怪的将军是谁？你们是什么？一群共产主义者?"

二九

这个小孩拒绝在他的婴儿床里睡觉，却摇摇晃晃地跑来看我们在床上做爱。可是比莉却说："好啊，他就学学呗，不然他还能通过什么方式学呢？"——我觉得羞耻，可是因为比莉在场，而她可是孩子的母亲，所以我必须摆脱顾虑继续——另一个阴险的事实——有一刻这可怜的孩子看着看着，流出了长长的口水，我大叫："比莉，你看他，这对他不好。"可她还坚持说："他想要什么都能得到，甚至我们。"

"可这对孩子真的不好，他为什么不去睡觉呢？"——"他不想睡呗，他想跟我们在一起。"——"哎呀，"我觉得比莉真是疯了，而我则没有我想的那么疯狂，一定有什么地方出了差错——我觉得自己在走下坡路：也因为接下来的一个星期，我一直坐在金鱼缸旁边的那把椅子上，像个机器人一样，一瓶一瓶不停地喝酒，一直为某件事儿担忧，蒙桑托来看我，麦克李尔、费根，所有人，他们冲上楼来看我。我们有好几天在一起喝得烂醉，一起聊天，可是我似乎永远无法离开那把椅子，而且永远也不能快活地边洗热水澡边看书——晚上比莉回到家，我们就猛烈地做爱，就像除了做爱什么都不知道的怪兽。到如今我变得糊里糊涂的，根本不知道在发生什么，不过她一再向我保证一切正常，同时科迪也彻底消失了——其实我给他打了电话，对他说："你不打算回这里来接我吗？"——"接接接，再等几天啊，在那儿待着。"也许他是想让我了解发生了什么，就好像把我放进严峻的考验中，看看我会发表什么看法，因为他自己就经历过这种考验。

其实一切都在走向疯狂。

帕里的到来吓了我一跳：我又开始琢磨他肯定是殴打老人的“壮臂帮”的一员：我谨慎地观察他——他自始至终就来来回回地踱步，嘴里说着：“伙计你不喜欢那些可爱的小屁股吗？女人年龄大不大又有什么关系，九岁还是十九岁，她们走路时小屁股一扭一扭的，那些马尾辫也跟着一甩一甩的。”——“你以前绑架过她们吗？”——“你的酒喝完了，我去跑一趟给你再买点，你是不是更喜欢来点大麻什么的？你这是怎么啦？”——“我不知道这到底是怎么回事！”——“你可能喝得太多了，科迪跟我说你都快崩溃了，你别这样了。”——“可这到底是怎么回事？”——“管它呢，也许，我们都在爱中放纵，希望能带着自尊度过每一天，可是那些保守陈旧的思想却一直压迫我们”——“谁？”——“保守陈旧的思想，压迫我们……我们要放纵要生活，要穿越黑夜，就像我们去洛杉矶时那样，我要让你看看那里我一些朋友最疯狂的场面。”（在烂醉的时候，我已经计划好要跟比莉和埃里奥特还有帕里去墨西哥做一次伟大的旅行，可是我们要在洛杉矶停留一下，去见一个帕里认识的富婆。她给帕里钱，而且就算她不愿给，帕里也能想办法弄到，还有我说过的，比莉和我准备结婚了）——这是我一生中最疯狂的一个星期——到了晚上，比莉说：“你担心我没法跟你结婚呀，可我们当然能结，科迪也希望这样，我会跟你妈妈说说，让她喜欢我，需要我，杰克！”她突然哭了起来，音乐般的声音饱含着深深的痛苦（就因为我说：“哎，比莉，去找一个真正的男子汉结婚吧！”）“你就是我跟真正的男子汉结婚的最后机会！”——“你知道真正的男子汉是什么意思吗，你没发现我已经疯了吗?”——“你疯了，可是你就是我了解真正男子汉的最后机会”——“科迪不行吗?”——“科迪永远都不会离开伊芙琳的。”——真是太奇怪了——可是更奇怪的是，我根本就不明白。

三〇

我确实明白，在这奇怪的日子，本·费根终于一个人来看我了，他抽着烟斗对我说："杰克，你该好好睡睡觉，这椅子你说你都坐了好几天了，你没发现它的底已经快掉了？"——我站起来，天哪，真是这样，弹簧都出来了——"你在这在椅子上坐了多长时间了？"——"每天等比莉回家的时候，跟帕里聊天的时候，还有别的时候，反正天天坐在这儿……天啊，我们出去到公园里坐坐吧。"我又加了一句——我迷迷糊糊的那几天，麦克李尔也来过，不过我忘了是哪一天了，什么也记不得，他只是偶然提到，也许我能帮他在巴黎把书出了，我还跳起来往巴黎打了长途电话，找克劳德·伽里玛，可是却只找到了他的管家。很明显那是在巴黎郊外，我听到电话那头咯咯的笑声，跟精神病似的："这是家里吗？c'est le chez eux de Monsieur Gallimard?①"——咯咯咯——"Où est Monsieur Gallimard?②"——咯咯咯——这电话真奇怪——麦克李尔充满期待地站在那儿等，希望能出版他的《暗褐色》——我的疯狂不可遏制地爆发了，于是我没头没脑地打电话给伦敦的老朋友莱昂内尔，我最后打通了他家里的电话，他在电话里说："你从旧金山给我打电话？可是为什么啊？"——我根本不知道如何回答，比那个咯咯笑的管家还要傻（这使我的疯狂加剧，当然，为什么打给巴黎出版商的长途电话，最后以咯咯傻笑收尾，而打给伦敦老朋友的长途电话却以老朋友变得愈发疯狂结束？）——终于，费根发现我真是疯到了无可收拾的地步，而且我需要睡觉——"我们再来一瓶!”我大喊着——可是最后，他坐在公园的草地上抽烟，从中午一直抽到下午六点，我则筋疲力尽地睡在草地上，酒瓶也没打开，中间只醒过一会儿，还纳闷我这是在哪儿，哦，上帝啊，我在天堂和本·费根一起，则俯视芸芸众生和我自己。

我是下午六点暮色渐浓时醒来的。我对本说：“哦，本，对不起，我就这么睡过去，把这一天都毁了。”可是他说：“你需要睡觉，我跟你说过。”——“你是想告诉我你整个下午就一直坐在这儿?”——“看意料之外的事情，”他说：“比如说那边的丛林里好像有酒神信徒狂欢的声音。”我望过去，听到公园里的树丛中孩子们喊叫喧闹的声音——“他们干什么呢?”——“我不知道，而且还有很多奇怪的人走过。”——“我睡了多长时间?”——“好几年。”——“对不起。”——“为什么要说对不起，反正我爱你。”——“我刚才打呼噜了吗?”——“你打了一天呼噜，我也坐了一天。”——“多美妙的一天啊!”——“是啊，确实是美好的一天。”——“多奇怪啊!”——“是啊，奇怪可也不奇怪，你就是累了”——“你觉得比莉怎么样?”——他叼着烟斗咯咯笑起来：“你想让我说什么啊？那只青蛙咬了你的腿?”——“你额头上为什么有钻石?”——“我额头上没钻石，妈的，你别再随意乱想这些无聊的东西!”他咆哮道——“可是我在做什么呢?”——“别想你自己了，行不行，就像浮萍一样，随着世界漂流吧!”——“世界漂流时经过这公园吗?”——“整天如此，你应该看到了，我把一整

① 法语，这里是伽里玛先生的家里吗?
② 法语，伽里玛先生在哪儿?

盒烟都抽完了，今天真是太奇怪了。”——“我没跟你聊天，你伤心吗?”——“怎么会呢，其实我挺开心的：我们还是往回走吧，”他补充道，“比莉很快就会下班回家了。”——“啊，本，一朵太阳花。”——“狗屁，”他说——“多奇怪啊!”——“谁说不奇怪了?”——“我搞不明白。”——“别担心了。”——“嗯神圣的地方，悲伤的地方，生活是悲伤的地方。”——“所有有感情的生物都意识到这一点，”他语气坚决——本杰明是我心目中真正的禅师，其实比我们这些普通人都更加——“本，我觉得我要疯了”——“一九五五年你就跟我这么说过”——“没错，可因为喝酒喝酒喝酒，我的大脑变得越来越不好使”——“你需要喝杯茶，我说，如果连这都不明白的话，那你就是太疯了，疯得你都不知道自己有多疯。”——“可是为什么呢?怎么回事呢?”——“你跑了三千英里就为了弄清这个?”——“三千英里从哪算起?从哪儿算?从以前那个爱发牢骚的我。”——“是啊，一切皆有可能，连尼采都知道这个”——“尼采老头就没什么不对劲吗?”——“除非他也疯了”——“你觉得我疯了吗?”——“哈哈哈!”(健康的笑声)——“你什么意思?为什么嘲笑我?”——“没人嘲笑你，别这么激动。”——“我们现在要干什么?”——“我们去那边的博物馆看看。”——穿过公园草坪那边有个像博物馆一样的东西，于是我歪歪斜斜地站起来，跟本一起走过忧伤的草坪，有那么一会儿，我搂着他的肩膀斜靠在他身上——“你是食尸鬼吗?”我问——“当然了，怎么不是?”——“我喜欢让我睡觉的食尸鬼?”——“杜洛兹，从某个角度说，你喝酒也挺好的，因为你清醒时对自己简直太刻薄了。”——“你这口气跟朱利恩一样。”——“我从没见过朱利恩，不过我知道比莉长得像他，你睡觉之前一直在叨叨这个”——“我睡觉的时候发生了什么事儿?”——“哦，人们，走来走去，来来往往，太阳西沉，而且最后彻底沉下去了，现在几乎看不见了。你看看，你要什么，给它起个名你就拥有它了”——“那我想要甜蜜的拯救”——“拯救能有什么甜蜜之处？也许它是酸的。”——“我嘴里是酸的。”——“也许你的嘴太大了，或者太小了，拯救是对小猫咪来说的，而且转眼就没了踪影。”——“你今天见过小猫咪?”——“当然了，你睡觉的时候有好几百只过来看你。”——“真的吗?”——“当然，难道你不知道你被拯救了吗?”——“快接着说!”——“其中一个是真大呀，咆哮起来像狮子一样，它的鼻子又大又湿，它亲了你一下，你说，啊!”——“那边是什么博物馆?”——“我们进去看看。”——本就是这样，他也不知道是怎么回事，可至少他也许打算去搞清楚——我们站在台阶上看到大门已经关了——“唉，”我说，“殿门已经关闭。”

于是我和本突然在红色的余晖中手挽着手，缓慢而忧伤地往回走。宽阔的台阶就像两个走在日本京都平坦空旷的平地上的和尚(不知为什么，我想象中的京都就是这样)。我们俩突然幸福地笑了——我感觉很好，因为我睡足了觉，可我感觉很好的主要原因是本（跟我同年）居然在我睡觉的时候坐在我身边护佑了我一整天，现在又跟我说这些傻话——手挽着手，我们缓慢地走下台阶，一言不发——事实上，除了我独自在树林里的时候，这是我在加州度过的唯一安静的一天，我把这告诉他，而且说：“嗨，谁说你现在不是一个人呢?”这让我意识到存在的虚幻，尽管我能用手感受到他肌肉发达的高大身体。于是我说：“你身体里肯定有些可怜的带着转瞬即逝的老朽之躯的幽灵。”——“我什么都没说，”他笑道——“不管我说了什么，本，你都别介意啊，我就是个傻瓜。”——“一九五七年你坐在草坪上喝威士忌喝得烂醉的时候，你说你是世界上最伟大的思想家。”——“那是在我睡着觉而且醒过来之前：现在我明白了，我一无是处，这倒让我感到轻松自在。”——“你甚至还没有从一无是处中解脱出来，你最好停止思考，这样就行了。”——“很高兴你来看我，我以为我会死呢。”——“都是你的错。”——“我们到底应该怎么生活呢？”——“哦，”他说：“我也不知道，我觉得做个旁观者就行了。”——“你恨我吗？……嗯，你喜欢我吗？……嗯，最近怎么样？”——“乡巴佬们都挺好的。”——“最近有人给你施了妖法……？”——“是啊，用纸板游戏？”——“纸板游戏？”我问——“你不知道吧，他们搭建了纸板房，然后把人放进去，然后人就成了纸板，接着魔术师让死尸抽搐起来，让他们把水带到月亮上去，月亮有个奇怪的耳朵，就这么回事，所以我很好吧，傻蛋。”

“好吧。”

三一

于是天色渐暗的时候。我站在那里。一只手放在窗帘上看着下面的街道。本·费根则走到街角那儿搭公交车，他穿着宽松的灯芯绒裤子和简洁的“固特威”牌蓝色工作衫，回家洗个泡泡浴，读首著名的诗歌，没什么真正值得担忧的事情，或者至少不用担心我担心的那些事，尽管我觉得他也背着令人痛苦的负罪感和绝望的懊悔之情，因为他一时为混饭吃而粗制滥造了一些东西，使得他早年为俄勒冈州原始松林带去初生的黎明的梦想没有实现——我抓住窗帘，仿佛假面之后的歌剧魅影，等待比莉回家，并回想起童年时我也曾像这样站在窗边，看着暮色中的街道，想着每个人都在说的“我的生活”和“他们的生活”差距不断加剧，身处这种发展之中简直糟糕透了——我不是因为自己是个醉鬼而感到愧疚，而是因为其他选择过“尘世生活”的人丝毫没有愧疚的感觉——无耻的法官在清晨剃净胡须微笑着走向他们十恶不赦的冷漠人生，备受尊重的将军在电话中命令士兵去赴死或倒毙，扒手在监狱里点着头说“我没伤害过任何人”、“我真是这样的，是的先生”，把自己视作男人救星的女人，其实就是悄无声息地把他们掏空，因为她们觉得她们那天鹅般高贵的脖子有那种价值（尽管你每当失去一个天鹅般高贵的脖子，就会有十个等着你，每一个都准备为一个柠檬躺下来），说实话，她就是男人的大脸魔鬼，就因为她们的衬衣干净些，就颐指气使地控制着辛苦干活的男人，充当他们的统治者，还说：“你放到我手中的税钱绝不会乱花的。”“你得明白我是多么珍贵，你是多么需要我，没有我，你说你会成什么样子，完全没了主心骨!”——镜头前精心设计的男性卡通形象总是肩膀壮硕的大男人，面朝初升的太阳，脚旁放着一副犁，而衣着整洁的统治者在太阳升起的时候要去弄点干草——？——因为自己是人类的一员，我感到内疚——我是醉鬼，没错，而且是地球上最愚蠢的傻瓜——事实上，连个真正的醉鬼都算不上，就是个傻瓜——可我站在那儿，手里抓着窗帘，望着下面，等比莉回来，她回来晚了，啊，我记起了密勒日巴讲的可怕的事情，与我在大瑟尔宁静甜蜜的小木屋中想起的令人心安的话截然不同：“当冥想中种种不同的经历暴露出来时，不要骄傲地急着告诉他人，否则圣母女神会发怒的。[①]”可我现在毫无疑问是个彻头彻尾的美国傻瓜作家，我做的事情不仅仅是为了生计（无论如何我总能用我粗陋的双手从铁路、轮船、工地和袋子里捡些东西糊口），而是因为要是不把这个不幸星球上我这个死骷髅般的脑袋周围发生的一切真真切切地写出来，我就觉得上帝把我这个可怜的东西送到地球上来真是一无是处——既然是个歌剧魅影，那我又有什么好焦虑的？——青春年少时，我绝望地把脑袋靠在打字机上，思考着上帝为什么会存在？——或者在褐色的阴影中坐在客厅的椅子上咬着嘴唇，我爸爸就死在那把椅子上，我们也已经死过十万次了——只有费根能明白，可他现在上了公交车了——比莉和埃里奥特回到家的时候，我笑了，然后坐在椅子上，可是椅子却在我屁股底下整个坍塌了，哐当一声，我惊讶地摔倒在地板上，椅

① 同上文密勒日巴的歌集，此处仍译为现代汉语，其诗歌原文为：“种种觉受生起时，不可傲心多宣说，否则触怒空行母。”

子没了。

“怎么回事啊？”比莉吃惊地说。我们俩同时都朝金鱼缸望去，看到两条小金鱼都死了，肚皮朝上漂在水面上。

“它们怎么死的？”——“我不知道。”——“我给它们喂了些家乐氏的玉米片，是因为这个死的？”——“没准儿是，除了鱼食你什么都不应该给它们喂。”——“可是我觉得它们饿了，就给了它们几片玉米片。”——“算了，我也不知道它们是怎么死的。”——“可是为什么没人知道？到底发生了什么？它们为什么要这样？水獭，还有老鼠，还有各种该死的东西都不停地死去，比莉，我真弄不明白，每次都他妈的是我的错！”——“谁说是你的错了，亲爱的？”——“亲爱的？你叫我亲爱的？你凭什么这么叫我？”——“哦，让我爱你。”（吻我）“可是你根本不配。”——（受到打击了） “我怎么就不配了？”——“因为是你自己说的……”——“可鱼是怎么回事？”——“我真不知道。”——“是不是因为我整个星期都坐在那张快垮掉的椅子上，把烟都喷到了鱼缸里？还有其他人也都在这儿抽烟闲扯？”——可是埃里奥特那小家伙爬到了他妈妈的大腿上，开始问问题了：“比莉，”他直呼其名，“比莉，比莉，比莉。”摸着她的脸，我几乎被这悲伤的一切搞得疯掉了——“你整天都干什么了？”——“我跟本·费根在一起，在公园睡了一觉……比莉，我们接下来干什么啊？”——“不管什么时候，只要你把说过的话再说一遍，我们就结婚，跟帕里和埃里奥特飞到墨西哥去。”——“我怕帕里，我也怕埃里奥特。”——“他只是个小孩。”——“比莉，我不想结婚，我怕……”——“害怕？”——“我想回家跟我死去的猫在一起。”我本来能成为英俊清癯的青年才俊，身穿西装坐在老式的摇椅中，可是没有，我只不过是个站在窗帘旁边，跟那死鱼烂椅子在一起——是不是没人在意是谁让我成了这样，为什么成了这样？——“杰克，你怎么了，你在想什么呢?”——可她突然跑去做晚饭了，可怜的小埃里奥特把勺子倒过来攥在小拳头里，我意识到这只是个普通的小家庭场景，自己则像个不合时宜的傻瓜——其实比莉已经在说：“杰克，我们结婚吧，那样我们就和埃里奥特一起静静地享受晚餐，一些事会永远洗清你的罪过，我保证。”

“我做错什么了?”——“你的错误就是你抑制着对我这样一个女人的爱，以前就抑制着这种爱，将来还是这样——你能不能想象一下我们结婚后无尽的乐趣，把埃里奥特放在床上，我们就出去听爵士乐，或者一时兴起乘上飞机去巴黎，还有，我要教给你、你要教给我的那些东西——可你却一直在浪费生命，总是悲哀地坐着，琢磨着要去哪儿，你要去的地方一直在那儿等着。”——“要是我不想结婚呢?”——“你说你不想成为那温馨画面的一部分？你当然想了……”——“可我就是不想，我是个讨人嫌的古怪家伙，你根本不了解我。”——（“讨人嫌？什么是讨人嫌？比莉？什么是讨人嫌?”可怜的小埃里奥特不停地问）——这时候帕里进来待了一会儿，我毫无遮拦地对帕里说：“我真不明白帕里，我爱你，了解你，你很疯狂，可你为什么要绑架那么小的女孩，这是怎么回事?”不过在问他的时候，我突然间看到他眼里的泪水，于是我明白了，他爱着比莉，一直爱着，哇——我甚至直说出来：“你爱比莉是吧？对不起，我插了进来。”——“你说什么呢，伙计。”——然后就是激烈地争论，他说他和比莉不过是朋友，于是我就开始像辛纳屈那样唱《不过是朋友》："两个朋友但已不像从前。"不过好心的帕里一看我唱了起来，就跑下楼去，又给我拿了一瓶酒——可是鱼仍然是死的，椅子仍然是烂的。

帕里其实是个悲惨的青年，我觉得他有巨大的潜力，能够让自己摇摇晃晃飘到地狱中去，除非很快发生了其他什么事情，我看着他，意识到除了秘密地爱着比莉之外，他一定也像我一样爱老科迪，而且比我更爱这个世界。可他却因为这个原因被捉到监狱里，被迫与这些隔绝——饱经风雨的沧桑，被悲哀裹挟，他坐在那儿，黑色的头发总是遮住前额，也遮住他黑色的眼睛，钢铁一样的臂膀绝望地垂下，像疯人院里力大无比的白痴的臂膀一样，他全身都被迷失之美铸就——他是谁？他到底是谁？——为什么洗着碗碟的金发比莉不认可他的爱呢？——事实上，最后我和帕里都垂着脑袋坐在那里，比莉回到客厅时看到我们俩的样子，就像在地狱里忏悔的紧张性精神病人——有个黑人进来了，问我能不能给他几块钱，他要买大麻抽，可我刚给了他五块钱，他却突然说："嗨，我什么都买不到。"——"你有五块钱，出去买吧。"——"我也说不准能不能买到。"——我一点也不喜欢他——我突然觉得我能跳起来把他摔在地板上，然后把那五块钱抢回来。其实我一点也不在乎钱，我对他的所作所为感到愤怒——"那家伙是谁？"——我明白，要是我起来跟他打，他拿着刀子，那我们就得把比莉的客厅给毁了——可是突然间又来了个黑人，他的来访让大家都挺高兴，他谈着爵士和兄弟之情。后来他们都走了，就剩下我和比莉，想着还有谁会来。

性爱中肌肉的交合是很无趣的，可是我和比莉还是要进行一番无比美妙的激情性爱，这就是我们为什么能够进行深入的哲学探究的原因，最后在甜蜜的赤裸中达成一致，一起欢笑。“哦，宝贝，我们一起多疯狂啊，我们能住在山中的老木屋里，几年都不说一句话，这就意味着我们会相遇。”——她胡乱说着乱七八糟的事情，可我脑子里有个想法逐渐清晰起来：“嗨，比莉，我明白，我们离开城市，带上埃里奥特一起去蒙桑托在树林里的小木屋住上一两个星期，把一切都抛在脑后。”——“行啊，我现在就可以给老板打个电话请几天假，哦，杰克，我们就这么办吧。”——“而且这对埃里奥特也有好处，离开你这些阴险的朋友，天啊。”——“帕里可不阴险。”

“我们结婚离开这里，住在阿第伦达克山的森林小屋里，晚上坐在灯下跟埃里奥特一起吃简单的晚餐。”——“我会一直跟你做爱。”——“可是你根本不必这样做，因为我们发现，我们都是虫子……我们的小屋上会写满真理，尽管这样整个世界会用仇恨和谎言的黑色刷子把它抹掉，我们会在真理中喝得烂醉，然后倒下。”——“来点咖啡。”——“我的手会失去知觉，连斧子也拿不起来，不过我仍然是拥有真理的人……我会在夜色中站在窗帘旁边聆听整个世界喋喋不休的唠叨，然后讲给你听。”——“可是杰克，我爱你，而且这不是唯一的原因，你没发现，从一开始我们俩就特有缘分吗？你记不记得，你和科迪一走进来的时候，你就叫我朱利恩，还傻乎乎地告诉我，是因为我长得像你在纽约的一个老伙计。”——“那家伙讨厌科迪的蛮勇，而科迪也讨厌他。”——“你不觉得这话一点意思也没有吗？”——“可是科迪呢？你想让我跟你结婚，可你却爱科迪，而且其实帕里也爱你吧？”——“没错，可是这有什么关系，所有这一切又有什么关系？我们之间的爱多么完美，而且会天长地久，这毫无疑问，可我们却只有两具身体。”——（多奇怪的说法）——我站在窗边，看着外面灯光闪耀的旧金山夜色，还有那些魔幻神奇的纸板房说：“你的埃里奥特不喜欢我，而且我也不喜欢他，其实我也不喜欢你，就连自己我都不喜欢，这怎么办？”（比莉什么也没说，只是积聚着愤怒，等待不久之后的爆发）——“可我们可以给戴夫·韦恩打电话，让他开车送我们到大瑟尔的小木屋，我们至少可以单独待在树林里。”——“我告诉你，我也这么想！”——“那现在就打电话！”——我告诉她号码，她像个秘书似的拨通了电话：“哦，我什么都做了，什么都看了，跟所有人做了所有能做的事儿。”我拿着话筒说：“整个世界就像是个高中二年级的学生，急着想知道他称为新事物的东西是什么，我告诉你，同一首古老的歌谣，哀伤的歌，死亡的真相……因为我曾那么多次呼唤死亡，可我真的想呼唤的是生命，你以为没有生命就没有死亡，喂，戴夫？你在听吗？你知道我为什么给你打电话吗？听着伙计……把黑头发大块头的罗玛娜带上，就是那个罗马尼亚的疯女人，把她塞进威利车里，然后把车开到比莉这儿来，接上我们，我们趁你们在路上的时候收拾东西，小宝贝也在，我们要在蒙桑托的小木屋里过上两个星期的神仙生活。”——“蒙桑托同意吗？”——“我现在就打电话问他，他肯定说没问题。”——“行啊，我明天还想给罗玛娜刷墙呢，不过也许我喝醉了倒干得更好：你确定现在就去吗？”——“是啊，是是是，快来吧——”“我能带上罗玛娜？”——“当然，为什么不能？”——“可我们这么干的目的是什么？”——“哦，大侠啊，也许只是为了再见见你啊。我们随时随地都可以谈目的：你想去犹他大学和布朗大学做巡回演讲，告诉那些被搓洗得干干净净的孩子们？”——“用什么搓的？”——“用清教徒先驱者已经彻底绝望但却尽善尽美的希望搓的。那希望已经消失得无影无踪了，只剩下些死鸽子让人看？”——“好吧，我马上出发……我要先把威利车的油箱加满，还得换换油。”——“你到了这儿，我付给你钱。”——“我听说你要跟比莉私奔了。”——“谁告诉你的？”——“今天的报纸上登的。”——“行了，我们再次钻进威利车出发吧，不要带罗恩·布莱克啊，就我们两对好不好？”——“好——听着，我要带上大鱼竿去那儿好好钓钓鱼。”——“我们会尽情狂欢——听着，戴夫，你有空而且愿意开车送我们去那儿，我很感激，我真是提不起精神，整整一个礼拜，我就坐在这儿喝酒，后来椅子坏了，鱼也死了，我却又一下子精神起来了。”——“真是的，你就不应该喝那种甜玩意，而且你从来不吃东西。”——“不过真正的问题不在这儿。”——“那我们说说真正的问题是什么。”——“好吧。”——“我认为真正的问题是那些鸽子。”——“为什么？”——“我不知道，还记得我们和乔治在东圣路易斯的时候吧，杰克你当时说，要是那些漂亮的舞女永远都会那么漂亮的话，你就会爱上她们，是吧？”——“可那不过是引用佛祖的话。”——“对啊，不过那些女孩就没指望能永远漂亮。”——“你感觉怎么样戴夫？费根今天晚上在干什么？”——“哦，他坐在屋里写东西，他管那书叫糊涂书，里面有大幅的狂野插画，莱克斯·帕斯卡又喝醉了，音乐一直在响，我真是很难受，你来电话真高兴。”——“你喜欢我，戴夫？”——“我没别的事儿可做，宝贝。”——“可你明明有其他事情做啊？”——“听着，别介意啊，我会来的，你现在就给蒙桑托打电话，因为我们要跟他拿畜栏的钥匙。”——“我真高兴能认识你，戴夫。”——“我也是，杰克。”——“为什么?”——“也许我得倒立着把脑袋放到雪地里证明给你看，可这是真的，我很高兴，将来也高兴，毕竟我们除了解决这些该死的问题，没别的事儿可做。我裤裆里现在就有个问题需要罗玛娜来解决。”——“可是把生活称为一个能够解决的问题真是够恶心的，也够没劲的。”——“是啊，可我只是在重复死教科书里读到的话。”——“不过我爱你，戴夫。”——“好了，我马上就过去。”

三二

我们把小埃里奥特那些笨乎乎的厚衣服整理好，再把食物放在一起，把篮子装好，等着戴夫在夜晚悲哀地到来——我们要好好聊聊——“比莉，为什么鱼死了？”她早就知道鱼可能死了，因为我给它们喂家乐氏玉米片什么的是不对的，有一件事可以肯定，就是她没忘记喂它们，什么都没忘，都是我，都是我的错，我宁愿被秋天太多的思考折磨得锈掉，也不想当个死渔夫，使那些一小块一小块的可怜的金色尸体漂浮在满是浮渣的水面上——这让我想起了那些死水獭——可我没法跟比莉说清楚，她老是那么抽象，成天讲我们在地狱里，抽象的灵魂际会，小埃里奥特则拽着她不停地问：“我们要去哪儿？我们要去哪儿？去干什么？去干什么？”——她说：“这都是因为你觉得自己不值得让人爱，因为你觉得是你导致金鱼死了，尽管它们可能就是愿意死。”——“它们为什么愿意死？为什么？鱼怎么能有那样的逻辑？”——“或者因为你觉得你喝得太多了，因此你喝了点酒，感觉不错的时候，你就觉得什么都没希望，还说你的手耷拉着动不了，就像昨天夜里，当你用双手搂着我，用你的爱使我的心灵和身体幸福的时候说的一样，哦，杰克，你该醒醒了，跟我在一起或者跟什么人在一起睁开眼睛，看看为什么上帝把你放在这儿，别老盯着地板看，你和帕里，你们俩都疯了——我要为你画魔法月亮圆圈，这样你就能转运了。”——我径直瞪着她的蓝色眼睛说：“哦，比莉，原谅我。”——“你看你，又在说负罪感什么的了。”——“咳，我不懂所有那些高深的理论，为什么一切都应该受到诅咒什么的，我所知道的就是，我是一大块绝望的马肥，不过还有些用处，我正看着你的眼睛说，帮帮我。”——“不过你说这些夸张的最后陈词，对你一点帮助也没有。”——“当然，我明白，可你要怎么样呢?”——“我希望我们结婚，安定下来，对永恒的事物有清醒的认识。”——“可能你是对的吧。”——我看到生命中无尽无休、毫无意义的厨房闲聊在我眼前咆哮，还有午夜厨房灯光下像坟墓般昏暗的长谈，实际上这让我内心充满爱意，也使我意识到，尽管生活如此热切，并被错误的理解，它还是向我和比莉伸出了瘦骨嶙峋的手——但你明白我的意思。

它就是这样开始的。

三三

所有的事儿听起来都那么悲伤，可是戴夫和罗玛娜到来的那个晚上真是快乐无比，要做的事情就是往车上搬箱子和衣服，把瓶里剩下的酒喝完，准备出发，事实上我们是一路高歌前往大瑟尔的。戴夫·韦恩唱的是《山中的家》还有《我就是一坨孤独的粪便》——我坐在前排戴夫和罗玛娜的旁边，我在那儿坐也许是因为我想找回前排那个破摇椅的感觉，让我靠在上面一边摇晃一边唱歌，可是罗玛娜坐在中间，把椅子固定住了，根本就不摇晃了——同时，比莉坐在后面的垫子上，跟熟睡的孩子在一起，我们轰隆隆地沿海岸往另一侧的海边飞驰，迎接发生的一切，当人们踏上或长或短的旅程，尤其是在夜里的时候，总是会有这样的感觉——饱含希望的眼睛穿过光滑的车篷，一直望进无底洞中，一条白线像箭一样笔直地刺进去，香烟刚刚点燃闪烁的光亮，系好安全带，为下一次冒险做好准备什么的，自从篷车在三个月前闯进沙漠以来，这种事儿就不断在美国发生——我没有跟比莉一起坐在后面，她并不介意，因为她知道我喜欢唱歌，也希望我过得快乐——罗玛娜和我奉献了一场通俗音乐和各种各样的民歌混在一起的绝妙演出，而戴夫则把他在纽约蓝光夜总会的浪漫男中音的专业演唱贡献出来——其实我演唱的辛纳屈式的颤音几乎听不见——拍着膝盖高声喊叫着唱《迪克西》和《膝盖上的班卓琴》，声音嘶哑后，就低声哼唱《红河谷》。“我的口琴在什么地方，我一直想花八块钱买个口琴，已经想了八年了。”

糟糕的时刻一开始总是看起来不错——事实上我坚持在经过科迪的家时停一下，我要去拿些以前留在那儿的衣服的时候，没想到会有什么好处和坏处，不过我却暗暗希望最终伊芙琳能与比莉直面相对——我们在午夜时分涌入科迪的家，我宣布比莉就在吉普车里睡觉，我看到科迪脸上极度惊恐的样子，不过我比他还要惊慌——伊芙琳一点不安的感觉都没有，事实上她在厨房悄悄对我说："我觉得这迟早会发生，她总会到这儿来看看，而且我觉得带她来这里的人注定是你。"——"科迪为什么那么不安？"——"你毁了他真正能偷偷摸摸做事儿的机会。"——"他整整一个星期都没来看我们了，就因为这样事情才会发生，他把我丢在那儿，让我手足无措，我也感觉很糟糕。"——"行了，你愿意的话可以把她叫进来。"——"算了我们待一小会儿就走了，你是不是想见她？"——"我无所谓。"——科迪无比僵硬地坐在客厅里，一动不动，一言不发，眼睛里燃烧着怒火：我知道这次他是真生我的气了，可我真不知道为什么——我走出去，比莉独自坐在熟睡的埃里奥特身边咬着指甲——"你想进来见见伊芙琳吗？"——"我觉得不好，她也不会喜欢的，科迪在吗？"——"在啊。"——于是薇拉米娜从车里爬了出来（这时候我想起伊芙琳很认真地对我说过，科迪总是用全名称呼他的女人，罗丝玛丽，乔安娜，伊芙琳，薇拉米娜，他从不给她们起些傻乎乎的昵称，更别说那样叫她们了）。

这次会面并没有发生什么事端，当然，两个女孩都保持沉默，而且不怎么看对方，因此都是我和戴夫·韦恩一直扯些闲话敷衍，我发现科迪真是对我又嫌恶，又厌烦，因为我自作主张就带一伙人到他这里来，跟他的情人一起跑掉，喝得烂醉，完全超出了家庭游戏的范围，他可能觉得我就是没事找事，或者连没事找事也算不上，纯粹就是个大傻蛋，没救了，一点希望也没有，不过我却没意识到，因为我感觉还挺好的——我建议大家继续上路，再唱点更淫秽更黑暗的歌，直到在这些伟大的歌曲唱到最澎湃的时候穿过狭窄的山路。

我想问问科迪有关帕里和在城里去看过比莉的其他各路怪人的情况，可他只是用眼角斜睨着我说："哦，是，唔。"——我不知道，而且永远也不会知道，他到底是想说什么：我意识到我跟其他各路怪人一样，只是个愚蠢的陌生傻瓜，毫无因由地远离那些曾经对我来说有意义的事情，不管那是什么——永远是海岸边"幻影"般的访客在这里，我从未真正介入任何人的生活，因为我总是准备飞回去，飞越这个国家，但是那边也已经没有属于我自己的生活了，我像"老公牛"巴隆一样。不过是个陌生的旅者，不过是像多伦·库埃特似的等待着一次真正的、最美妙的旅行，到金星上去，到米恩莫山去——尽管那时我从科迪家客厅的窗户向外望去，我真的见到了我的星星，依然在向我闪耀，它已经为我闪耀了三十八年，在婴儿床上方，在船舱外，在狱窗外，在睡袋上方，不过现在它变得更虚幻，更暗淡，而且愈发模糊了。该死，就连我自己的星星现在也渐渐远离我，不再关心我，正如我不关心它一样——其实我们都是陌生人，睁着陌生的眼睛坐在午夜的客厅里无所事事——说些无关痛痒的话，比如比莉说："我一直想要一个漂亮的壁炉。"于是我大吼道："别着急，我们的小木屋里有一个，是吧，戴夫？而且所有的木头都砍好了！"还有伊芙琳说："你整个夏天都住在蒙桑托的小木屋里，他会怎么想啊，你不是打算一个人悄悄地去那儿吧?”——“现在太晚了!”我唱着歌，拿着瓶子大口大口猛喝，要是没有酒，我就会羞愧不已地倒在地板上或者沙砾车道上——最后戴夫和罗玛娜看上去有点不自在了，于是我们起身走了，车子嗡嗡地发动了，这是我最后一次看到科迪和伊芙琳。

正如我所说，我们的歌声越来越强大，公路也越来越暗，越来越狂野，最后我们行驶在峡谷公路上时，前灯正好照亮了凄凉的沙石路肩——开到小溪边时，我打开了畜栏的门——穿过草坪，回到了魂牵梦萦的小木屋——那夜的豪饮和逃离的快乐给了我力量，我和比莉真的度过了一段美好时光。我们生火、煮咖啡，还准备在把小埃里奥特安顿好之后，和戴夫、罗玛娜一起，在小溪边月光下的双人尼龙睡袋中睡去。之后我们就在一个睡袋中，像馅饼那样快活地在一起。

没错，第二天第二夜才让我忧虑丛生。

三四

这一天的开始是那样简单纯朴，我起床时感觉无比美妙，走到小溪边，双手掬起溪水喝了几口，洗了洗脸，看见一条疲惫的褐色大腿在戴夫尼龙睡袋的垫子上摇晃，显示出清晨爱的景象，事实上，后来吃早餐时罗玛娜告诉我们："今天早晨我醒来的时候看见周围的树、水还有云彩，我就告诉戴夫'我们创造了多么美丽的宇宙'"——真正的亚当和夏娃醒来了，事实这是戴夫最快活的一天，因为他真的希望再次逃离城市，这次还带来了漂亮的宝贝，还带来了他的大鱼竿，准备度过不同凡响的一天——我们还买了许多可口的食物——唯一的麻烦就是没有酒了，于是戴夫和罗玛娜开着威利车到沿公路往南十三英里的商店里去买酒——我和比莉在火边闲聊——昨天晚上的酒精消退后，我马上就感觉心绪无比低沉。

一切又颤抖起来，手颤抖着，事实上我甚至连火也生不了，于是只好让比莉来干——"我连火也生不着了！"我大声嚷道——"没事儿，我能。"她这么说，恰恰让我感觉我就是个大傻瓜——小埃里奥特不停地拽着她问这问那："这根棍子是干什么的？放在火里的？为什么？它是怎么烧起来的？为什么要烧起来？我们在哪儿？我们什么时候走呀？"最后的情形就成了她开始跟他说话，而不再理我，因为我就坐在那儿，盯着地板叹气——后来他睡午觉的时候，我们沿小路走到海滩，大概是正午时分，我们俩都忧郁而沉默——"我不知道是怎么回事。"我大声说——她说："昨天晚上我们一起在睡袋睡觉的时候，一切都很好啊，可现在你连我的手都不肯拉……去他妈的，我死了算了！”——因为在清醒的时候，我开始意识到事情发展得已经有些过分了，我不爱比莉，我一直左右着她，我犯了个错误，我把每个人带到这儿来，其实我现在只想回家，我真是厌恶无聊到极点，就像科迪一样，我觉得周围全是令人心神崩裂的景象，简直糟透了，总是转回到这个鬼魂出没的可怜的峡谷。我们走在桥下的时候，它再次让我心惊肉跳，我们走近那些无情的海浪，它们不惜粉身碎骨拍向高出地面的沙滩，像无情的智慧那样揪扭缠打——另外，我仿佛第一次突然注意到被狂风卷到海浪中的树叶的可怕样子，它们胆怯地在阵阵飓风的威慑下踌躇向前，最后被一股脑扔进海浪中，被打乱，被绑缚，被驱散，被掠到海中——我转过身注意到狂风是如何把它们从树上扯拽下来投入海中的，风催促着它们，仿佛催促它们去死——在我看来，它们就像人一样颤抖着走到悬崖边缘——匆匆忙忙，匆匆忙忙——在大瑟尔怒吼咆哮的可怕的秋风中。

轰隆隆，哗啦啦，海浪还在叙说，可是不管它从前说过什么，将来会说什么，我现在只感到既厌恶又厌烦，比莉想让我跟她一起漫步到下面的洞穴，可我不想站起身来，我正靠着大石头在沙滩上坐着呢——她一个人去了——我突然想起詹姆斯·乔伊斯在凝视海浪的时候意识到：“整个夏天你都坐在这儿写所谓的海浪之声，却没意识到我们的生存与毁灭严峻得无以复加，你这傻瓜，你这拿着铅笔的快乐小孩，你没意识到你像是玩开心的游戏一样玩弄语言吗——你写的关于坟墓和大海死亡的所有非凡奇妙、令人怀疑的东西都是*真的，你这傻瓜*！乔伊斯已经死了！大海把他带走了！它也会把你带走！”我朝海滩上望去，比莉正跋涉在阴险变幻的回潮中，她之前已经抱怨过好几次了（看到我的冷漠，当然也因为在科迪家的绝望，还有对她残败住所的绝望，对痛苦人生的绝望）。“总有一天我会自杀，”我突然想到，她是不是要走进恐怖的回潮里，突然自杀，让老天和我惊恐万分——我看到她忧伤的金发在风中飞舞，忧伤的纤细身影，孤零零地在海边，树叶匆忙卷入的大海，她突然让我想起了什么——我记起了她富有乐感的死亡叹息，我意念中清晰地看到她沙滩的身影上写着一些字：海边的圣卡罗琳——“你是我最后的机会，”她说，可所有的女人不是都这样说吗？而且她说“最后的机会”，可能并不单单指婚姻，而是她深切而悲哀地认识到，我身上的某种东西是她要活下去所必须依靠的，至少这种想法在我们共同分担过的忧伤的促动下闪过我的脑海——是不是像她所说，我阻止了某些神圣的思想，或者我就是个傻瓜，永远学不会如何同女人建立起体面的，永恒的，有思想有深度的关系，总是为了一首歌、一瓶酒将它抛弃？——要是这样的话，我自己的生命也就该结束了。那些乔伊斯的海浪张开空洞洞的嘴说：“没错，就是这样。”那些树叶也一个接一个匆匆忙忙坠落在沙滩上，跌了进去——其实每一分钟，小溪都载着成百上千片树叶，从后山径直而来——狂风猛烈地咆哮着，到处都是明晃晃的阳光和蔚蓝色的愤怒——我看到巨石在颤抖，似乎上帝真的为这样一个世界而发怒，准备摧毁它：巨大的悬崖在我蠢笨的眼睛里颤抖。上帝说：“无法挽回了，你们用这样或那样的方式摧毁一切吧，颤抖吧，轰鸣吧，末日就在眼前。”

“基督的第二次来临，滴答滴答，”想到这儿我浑身发抖——海边的圣卡罗琳越来越远——我应该跑过去看看她，可是她走得那么远——我意识到要是那个傻瓜真的打算这样做，我就要不顾一切地跑去下水救她——我站起来，慢慢往那边靠，可这时她却转过身往回走……“要是我在思想深处悄悄叫她‘那个傻瓜’，她会怎么叫我呢?”——妈的，我对生命感到厌恶——要是我有胆量，我就应该投进这烦人的水里淹死，可是那样也不能一了百了，我正好看到下面翻腾旋转，胶着在一起，诅咒我们在上面永远承受苦难，不得脱身——我想那个孩子就是这么想的——她看上去无比悲伤像奥菲莉亚[①]一样，光着脚在雷电中彷徨。

现在上面来了一些游客，是住在峡谷里其他小木屋中的人，正值阳光充足的季节，他们一周要出来两三次，那个上了年纪的女人看我的眼光多么恶毒，显然她听说了那个“作家”被蒙桑托秘密地邀请到小木屋来，不过却带来了一大伙人，一大堆酒，今天居然还带来了妓女——（其实因为那天早晨戴夫和罗玛娜也在沙滩上做爱，那时天已经大亮，不仅到海滩上的人都清楚地看到了，住在高高的悬崖上新建的小木屋里的人也能看到）（尽管峭壁遮住了大桥上行人的目光）——于是现在大家都知道了，这个新闻那就是蒙桑托的木屋里正在狂欢，可他基本不在这里——这个老女人身边跟着不同年龄的小孩子——因此，当比莉从沙滩远处回来，跟我一起沿小路回去的时候（我嘴里叼着一根一英尺长，很稀奇的大烟斗，还试图迎着风把它点着，好遮掩一下，那样子准是傻乎乎的），那女人在很近的地方上下打量着比莉，可比莉只是像小女孩一样轻松地笑了笑，还脆生生地说你好。

① Ophelia，莎士比亚剧作《哈姆雷特》中的女主人公。

我觉得我是世界上最可耻的人，不仅如此，我还是最声名狼藉的倒霉鬼，实际上我的头发被风吹散像野兽条纹一样，掠过我那张蠢笨鲁钝的脸，宿醉现在已经使我的每一根可怜的毛发都变得精神错乱。

回到小木屋，我无法去砍柴，因为怕把脚砍掉，我无法睡觉，无法坐着，无法抬脚，我不停地去溪边喝水，直到最后我去了有一千次了，这让戴夫买酒回来后觉得无法理解——我们坐在那儿，使劲争抢自己的酒瓶，在精神错乱中，我又开始纳闷，为什么我要喝这瓶酒，而他喝那瓶——可是他很高兴："我现在要去钓鱼，我要给大家钓一大堆鱼，做顿超级美味的晚餐；罗玛娜，你把沙拉和你能想到的一切都准备好，我们走了，你们自己待会儿吧。"他又补充了这一句，让忧郁的我和比莉觉得他妨碍了我们，"还有，我们为什么不去忘忧草餐厅，晚上把忧伤藏起来，在阳台上喝着曼哈顿鸡尾酒，享受美美的月光，或者去看看亨利·米勒?"——"不去!"我几乎喊了起来，"我是说我太累了，我什么都不想干，什么人也不想见。"——（总之我已经对亨利感到无比愧疚，我们大约一周前就跟他约好，可我没能在七点钟的时候出现在圣克鲁兹他朋友的家里，我们都喝得烂醉，十点钟的时候我们给他打长途电话，可怜的亨利只是说"没事，不好意思，我不能见你了，杰克，我现在老了，十点钟就睡觉了，你要过来怎么也得后半夜才能到"。）（他电话里的声音跟唱片中很像，带着鼻音，布鲁克林口音，好人的声音，不过他有点失望，因为他给我的书写序言的时候遇到了些麻烦。）（尽管我现在突然在极度悔恨的精神错乱中想道："哦，真该死，他只不过像其他所有那些家伙一样写了前言，让你甚至不用从作者的文字那里读起。”）（这是个例证，说明我是如此多疑和疯狂，已经完全精神错乱了。）

跟比莉单独在一起的时候甚至更糟——“我看不出有什么事要做，”她像古代撒冷[1]的主妇一样坐在火旁说（“要不就是撒冷的巫婆?”我不怀好意地斜睨）——“我可以把埃里奥特送到私人看护那儿去，或者送到孤儿院，然后我自己就去修道院，这周围有不少呢——要不我就自杀，把埃里奥特也杀死。”——“别说这些了。”——“没有方向的时候只能这么说话。”——“你根本就看错了我，我不会带给你任何好处的。”——“我现在知道了，你说你想当一名隐士，可我注意到你并没有怎么努力，你只是厌倦了生活，想睡觉而已，我现在也有这种感觉，只不过我还有埃里奥特让我操心……我可以取我们俩的性命，来解决这个问题。”——“你，说得毛骨悚然的。”——“头一天晚上你就告诉我你爱我，说我特别有趣，说你从来没碰到让你这么喜欢的人，然后你就去喝酒，我现在真的看出来了，他们谈论你的话，还有所有像你这样的人都是真的，噢，我明白，你是个作家，承受了太多痛苦，不过你有时候特别暴躁……可是就算那样我也明白，你控制不住自己，而且你也不是真的暴躁，只是像你跟我解释的一样，你是身心俱疲，还有那些原因……可是你总是抱怨说自己多么恶心，我真的没有为他人好好考虑过，可是我还是明白你身不由己，那是一种奇怪的疾病，我们大多数人都有，只是我们有时隐藏得更好……可是你第一天晚上说过的话，就连刚才你还说我是海中的圣卡罗琳，你的心知道什么

① Selem，印度南部一城市。

是好的，最好的，最真实的，你怎么不将内心的选择坚持到底呢，这么轻易就放弃了，一点勇气也没有……不过我看你不是真的想要我，你只是想回家，重新开始自己的生活，也许要和你的女朋友路易丝在一起。”——“不，我也不会跟她在一起，我就是像便秘一样，从内部被绑缚起来，我的情感不通，无法活动，就像你说的情感选择，尽管那是某种伟大神秘有魔力的感觉，每个人都在说：‘哦，生活多么美好，多么神奇，上帝创造了这个，创造了那个，’你怎么知道他不讨厌他创造的一切：他没准儿也喝高了，没注意到他都干了些什么，当然那不是真的。”——“也许上帝已经死了。”——“没有，上帝不能死，因为他还没生出来。”——“可你一直在谈论那些哲学呀，佛经呀。”——“可你没发现它们都成了空无一物的文字，我意识到，我一直像个没心没肺的快活孩子，在一场严重的悲剧中拿文字游戏，游戏，游戏，看看吧。”——“你该做些努力吧，操！”

不过更加难以言喻的倒霉情形，是她越劝我，事情就变得越糟糕，她似乎不知道自己在做什么，像个无意识的巫婆，她越想帮助我，我就越颤抖，我甚至感觉她是故意的，她知道她是在给我施魔法，可是从形式上看，大家都把它理解为“帮助”，算了吧——她肯定是与我相匹配的某种化学物品，我一分钟也不能忍受她了，我被负罪感折磨，因为所有的证据似乎都在说她心地是那么好，宁静，忧伤，富含乐感的声音充满同情，但她显然是个无赖，不过那些理性的内疚根本无法触动我——我所感到的就是她带给我的无形刺痛——她在伤害我！——我们谈话的过程中，我有时真成了名副其实的演员，跳起来扭动脑袋，这就是她的目的——“你怎么了？”

她柔声问道——这几乎让我尖叫起来，我这辈子还没尖叫过呢——我生命中头一次感到我对控制住自己一点信心也没有，根本做不到，不管发生什么内心都保持沉静，甚至带着谦恭的笑容，面对疯人院里歇斯底里的疯女人的尖叫——突然间，我也成了同一间疯人院的病人——发生了什么？怎么回事——“你是故意逼我发疯吗?”我终于冲口而出——可是她自然会提出抗议，说我是一时冲动，她根本就没有什么明确的意图，我们不过是在乡下跟朋友们愉快地度周末而已，“那就是我自己有什么问题!”我大喊道——“这再明显不过了，你为什么不能安静一会儿，比如跟我做做爱什么的，我求求你，一整天了，可你就知道不停地呻吟，转身不理我，好像我是只又丑又老的蝙蝠似的。”——她走过来，轻柔而温顺地把自己给我，可我却只盯着我那颤抖的手腕看——这真是太可怕了——难以言明的可怕——而且当比莉跪在我腿边或者坐在腿上，或者想要抚摸我的头发给我安慰的时候，那小男孩总是来到比莉身边，用可怜兮兮的声音不停地说：“不要这样，比莉，不要这样，比莉，不要这样，比莉。”直到最后，她回答他每一个傻问题的甜蜜和耐心彻底没了踪影，她大声吼道：“闭嘴！埃利奥特，你给我闭嘴！非让我再打你一顿是不是!”——我呻吟着说：“不要!”不过埃里奥特的吼声更大：“不要这样，比莉，不要这样，比莉!”于是，她一把将他拖走在门廊上，把他打得哭叫不止，我准备认输，呼出我最后一口气，太可怕了。

另外，她打埃里奥特的时候自己还又哭又嚷，接着就像所有疯女人那样喊叫：“你再这样咱俩都死了算了，你逼得我没办法了！噢，我的孩子!”突然把他抱起来搂在怀里，泪眼婆娑，痛苦地咬着头发，这一切都发生在宁静的蓝鸟栖身的古树下。事实上，那些蓝鸟依然在等候食物，而且看到了这一切——尽管如此，圣骡阿尔夫也站在院子里，等着有人喂它苹果——我抬起头，看到太阳已经穿过疯狂而颤抖的峡谷，撕下一片余晖，无恶不作的狂风从一英里外呼啸而来，掠过树梢，吼声越来越大。当它撞上伤心哭号的母子，便把哭声和疯狂散落的树叶一起卷起——小溪在尖声哀号——门发出可怕的铛铛巨响，百叶窗也响个不停，房子都在颤抖——我在嘈杂喧闹声中拍打膝盖，却什么也听不到。

“你老说自杀，我该怎么办?”我大喊道——“行了，这跟你没关系。”——“那么好吧，你没有丈夫，可是至少你还有小埃里奥特，他会长大的，一切都会好起来，同时你还可以一直做你的工作，结婚，搬家，做点什么，也许是因为科迪或者其他原因，不过我得说，所有那些疯狂的怪人把你搞得疯疯癫癫的，居然闹到要自杀的程度——帕里——”——“别提帕里，他人特别好，而且很温柔，我爱他，他对我可比你好多了：至少他把自己全都给了我。”——“把自己全都给出去是什么意思，给出去又有什么用?”——“你永远不会明白，你把自己全都包裹起来了。”——我们现在开始侮辱对方，这是个健康的信号，可是她总是控制不住，一会儿就崩溃了，伏在我肩膀上哭泣，一再或软或硬地坚持说我是她最后的机会（可这不是真的）——“我们一起去修道院吧。”她疯疯癫癫地说——“伊芙琳，我是说比莉，你也许会因为这个去修道院，上帝啊，让你到修道院去吧，你看上去确实像个修女，也许你需要的就是谈论科迪，谈论宗教，也许这些俗世的恐慌恰恰阻挡你达成真正的感悟，有一天你会成为备受尊敬的嬷嬷，心中再也没有烦忧，尽管我曾经碰到过一位痛哭的嬷嬷……啊，哭得特别伤心。”——“她哭什么呢?”——“我不知道，跟我说完话就哭了，我记得我说了什么愚蠢的东西，比如：‘宇宙是个女人，因为它是圆的。’不过我觉得她哭是因为她想起了从前的日子，她以前跟一个士兵有段浪漫史，可那个士兵死了，至少他们是这么说的，她是我见过的最了不起的女人，蓝色的大眼睛，高大而聪敏的女人……你能做到这些，离开这些糟糕透顶的麻烦事，把一切甩在脑后。”——“可是我有太多要留恋的了。”——“不是因为你留恋肉体之爱，或者离不开你可怜的孩子。”——事实上我们安静了一会儿，而且确实做爱了，尽管埃里奥特不停地拽着她说：“比莉，不要这样，比莉，不要这样，比莉，不要这样。”做爱做到一半，我突然大喊道：“不要什么？他什么意思？——难道他是对的，比莉你不应该这样做？难道我们所说的一切，所做的一切，真的都是罪孽？啊，真是把人逼疯了！——可是他是最疯的一个。”事实上，孩子也和我们一起上床了，他像个成年人一样用力拉着她的肩膀，像一个妒火中烧的情人，要把女人从另一个男人那里拖走（她在上面，恰恰显示出我是多么无能和失败，那时候才下午四点钟）——小木屋里正上演一出好戏，这也许跟当初建小木屋的意图有些不一样，跟当地邻居们的想象也有些出入。

三五

不过高潮中有一些可怕的精神错乱的因素，它突然释放的不是甜蜜优雅的同情之心，而是释放出一些预兆性的毒汁，使身体四分五裂——我感觉对自己的身体产生了一种极为可怕、无可比拟的巨大仇恨，现在这种空虚感与往日那种轻松感受截然不同，仿佛我脊柱的力量被一股巨大的巫力蓄意夺走——我感到邪恶的力量在我周围积聚，那力量来自她，来自小孩，来自小木屋的墙壁，来自大树，甚至我突然觉得戴夫和罗玛娜也是邪恶的，他们都向我逼来——我把可怜的比莉抛下不管，她用手捂着脸，我猛地跑到小溪边去喝水，可我每次做了这种事儿后，都得跑回来表示歉意，跟她说对不起，可是我再见到她的时候，“她正在做别的事”，于是我斜睨了她一眼，不再感到抱歉——她用手捂着脸，喃喃而语，小男孩在她身旁大哭——“我的天，她真应该去修道院!”我这样想着，跑回了溪边——突然间，溪水味道变了，好像有人在上游往水里倒了汽油或煤油——“也许那些邻居想要报复我，没错，肯定是这样!”——我仔细尝了尝溪水，我猜的绝对没错。

我像个傻瓜一样坐在溪边，目光呆滞，这时戴夫大步走过来，鱼线上有条大鱼，他用响亮快活的西部鼻音说话，让人感觉一切都很正常。“我说伙计，我花了整整两个小时，看看我的收获！你看这条神圣的小彩虹鳟鱼，虽然很小，但是又漂亮又可爱，我现在就清理清理它——清理鱼的方法是这样的。”他一脸天真的样子，在小溪旁跪下来，给我看怎么清理——我没别的事儿可做，就微笑着看他——他说："准备好两年内去法拉伦岛啊，哥们儿，野金丝雀真的会在离海岸几百英里的地方出现，落在船边，特别开心，你看我正努力攒钱买一条自己的渔船，我觉得钓鱼比什么都好，所以我觉得这一辈子就离不开钓鱼了，虽然我也看到了严厉的费根拿着禅师棒尖声叫喊的形象，可是你更应该看看在一分半钟的时间怎么钓到上百条青鱼，还有毫无污染的大马哈鱼，速度那叫一个快，真的没错，你穿着山核桃似的硬衬衫和羊毛编织帽走来走去——伙计，这些我全都知道，我正在写一篇权威性的文章，就是关于纯洁而繁重的工作是如何使我们大家得到救赎的——你是个猎手——鸟为你寻找鱼的踪迹——天气督促你——用不着累到筋疲力尽，蒙蔽心灵的愚蠢事就会烟消云散，心灵便可以容纳一切。"——我蹲在那儿想着，也许比莉正在跟罗玛娜诉说小木屋里发生的一切，不一会儿戴夫也就知道了，尽管他好像什么都知道——他暗示了好几次，比如现在："你好像在度过你一生中最糟糕的时刻，那个小埃里奥特能把所有人都逼疯，而比莉又是个不折不扣的神经兮兮的小荡妇——你看鱼鳞得这样刮，用这把刀子。"——我惊讶地发现我真没用，而且也没人情味，居然不能跟人简单轻松地聊几句，让别人感觉自在些，比如戴夫，他脸部狭长双颊凹陷，因为过去的几个星期他一直在酗酒，可他却不像我一样在绝望中抱怨呻吟，至少他还做些事情，他用自己来做试验——他又让我感到我是世界上唯一一个最没有人情味的人，他妈的，一点没错，我就是有这种感觉——"啊，戴夫，哪天我和你去罗格河那边，去你已经废弃的矿营那儿钓鱼，哈哈，那时候我们会感觉好一些，他妈的。"——"行啊，我们的酒量可得大大地减少，杰克，"他说"杰克"时语气忧伤了许多，就像杰瑞·瓦格纳跟我一起爬达摩流浪山时，我们悲伤地互诉衷肠时一样，“是啊，那些甜东西我们喝得太多了，你知道吗，光吃糖不吃食物，肯定会使新陈代谢紊乱，并且让你的血管中全是糖，最后你真是手无缚鸡之力；尤其是你好几个星期只喝甜味酒和曼哈顿甜酒，别的都不碰——我敢保证这条神圣的小鱼会把你治好。”（咯咯地笑。）

我突然看着鱼，又感到恐惧难当，以前那个死亡阴谋又回来了，只是现在我就要用健康的盎格鲁-撒克逊的大牙咬住它，再从小生物身体上撕扯下一块可怜的肉，可它一小时前还在海里快活地游泳，其实就连戴夫也这么想，他说：“哦，是啊，这被鱼钩钩过的小嘴还在快活的生命之水中盲目地吮吸，现在你看，它那漂亮的小脑袋就是在这儿被砍掉的，你还是别看了，我们两个大醉鬼大罪人现在正打算用它做我们献祭的晚餐，所以一会儿我烹饪它的时候打算为它说一段印第安人的祈祷词，希望和土著印第安人的祷词一样——杰克，我们应该稍稍振作起来，甚至开始找点乐子，过上一星期快活日子！”——“一星期？”——“我以为我们要在这儿过上一个星期。”——“哦，我说过，我是不是……我觉得一切都特别可怕……我觉得我一点办法也没有……比莉，还有埃里奥特，还有我自己，都把我逼疯了……也许是我本来就会疯，也许我们必须得离开什么的，我觉得我要死在这儿了。”——戴夫当然很失望，是我把戴夫发动起来，让他放下手里的工作，开车来到这里，这件事儿也让我感觉自己像只老鼠。

三六

可是戴夫却特别认真地在小木屋里重重地走来走去，准备玉米粉袋子，而且开始往煎锅里倒玉米油，罗玛娜也用蛋黄酱做着一大盘精美的沙拉，连可怜的比莉不也声不响地帮她收拾桌子，那小男孩则在炉火旁低声哼唱着什么。突然间，我眼前呈现出一幅幸福家庭的景象——只有我在门廊上用惊恐的眼睛注视着这一切——也因为灯光下他们映在墙上的影子看起来庞大无比，既像妖怪，又像巫婆，也像魔鬼，我独自一人和快活的鬼魂在一起——太阳下山后，狂风更加猛烈地咆哮，于是我进了屋，可我立刻又疯狂地出来，跑到小溪那里去，总觉得只有小溪能让我用水把一切都冲走，并且给我永远的安慰（悲痛中我还记起了艾德加·凯瑟①的忠告“要多喝水”），可是——“水里有煤油！”我在风中大喊，没有人听见——我真想踢死小溪，尖声叫喊——我转过身看见小木屋内温暖的场景，里面的人们一言不发，显然都闷闷不乐，因为他们根本无法理解为什么这个傻瓜进来又出去，在木屋和小溪间来回徘徊，一言不发、脸色苍白、迟钝麻木、浑身颤抖、大汗淋漓，像是觉得酷暑难耐，可现在又变得很冷了——我背朝大门坐在椅子上，观看戴夫关于勇敢的演说。

“我们将要享用的是一顿献祭之美宴，你们看，各色美食都环绕着这个美味的小鱼，豪华而庄严地陈列开去。因此我们必须为这条鱼祈祷，并且细细品尝，我们每个人只能吃四口，鱼的部位各有不同，因此咬起来更加意义重大——不过除此之外，煎炸刚捉回的新鲜小鱼的正确方法，是要保证油已经烧热，这样你把鱼放进去时，不是太热但温度却足够高，哦，有点高了，把蚝仔递给我，然后把鱼放在油里，看它噼里啪啦响成一片。”（他做到了，罗玛娜欢呼起来。）（我看了比莉一眼，她正在角落里想着别的事儿，比如说修女。）可是戴夫还在不停地说笑，直到他真的把我们大家都逗笑了——鱼煎着的时候，罗玛娜不停地递给我东西吃，她一整天都在这样做，一点开胃菜，或者一片西红柿，或者别的什么，很显然，她努力想使我感觉好些——“你必须得吃。”她和戴夫一直这么说，可我不想吃，他们还是不停地把东西送到我嘴边，直到最后，我开始皱着眉头想：“他们递给我这一口一口的是什么，毒药吗？——我的眼睛怎么了，又青又浮肿，就好像我吸了毒似的，可我不过是喝了酒，难道戴夫往我的酒里放了毒品？以为这样会起点作用？或者难不成他们是某个秘密社团的成员，专门给人秘密地下迷药，以便启发他们的一些想法什么的？”恰好罗玛娜递过来一些吃的，我从她大大的褐色手掌中拿过来，放在嘴里嚼——她穿着紫色短裤和紫色胸罩，别的什么也没穿，就是为了好玩，戴夫做饭的时候总是兴高采烈地拍她的屁股，对罗玛娜来说，这是既伟大又情色，还很自然的事儿，她就是信奉展示自己美丽的伟大身体——事实上有一刻比莉站起来，斜倚在一把椅子上，戴夫走到比莉身后，开玩笑地碰了碰她，而且还朝我眨眼睛，可我像个白痴一样，一点反应也没有。我们本可以一直这样，像当兵的一样找乐子玩，在奇思妙想中，让一天天像梦一样溜走，他妈的——可是血液里的毒液是无性

① Edgar Cayce（1877—1945），美国当时的预言家。

的、无社交的，一切都不含有的——“比莉又漂亮又苗条，我已经习惯了罗玛娜，我也该换换口味了，”戴夫在滋滋作响的煎锅旁说——我从肩膀望过去，看到刚开始还一片欢腾的样子，可是接着就被不祥的恐惧感所充斥。巨大的圆月拖着肥胖饱满的身体出现在米恩莫山和北峡谷之间，我越过颤抖的肩膀看它的时候，它像好在对我说：“呼呼，你啊。”

可是我却说：“戴夫，你看，好像这还不够。”我指着月亮给他看，树林间一片死寂，屋内的我们同样鸦雀无声，巨大而悲哀的满月让疯子心惊让海水起浪，她绘出一两棵树顶的轮廓，而且使峡谷的一面完全沐浴在银光之中——戴夫只是用他疲惫疯狂的眼睛看着月亮（过于激动的眼睛，我妈妈会这么说），什么也不说——我出去到小溪边喝水，然后再回来琢磨着月亮，却突然发现小屋里的四个影子都陷入一片死寂，就好像他们刚才跟月亮串通好似的。

“该吃饭了，杰克，”戴夫突然走到门廊上对我说——没人说话——我走进屋，温顺地坐在桌边，就像既无法帮助男人，又不会取悦女人的无用的拓荒者马车队[①]里吃白饭的白痴——戴夫站在那里说：“哦，满月，这是我们的小鱼，现在我们就要共享美味，我们会变得更加强壮；感谢渔民，感谢渔神，感谢月亮今夜为我们的带来光亮；今晚圆月当头，鱼香浓郁，我们现在就开始品尝第一口美味。”——他拿起叉子，小心翼翼地把小鱼拨出来，小鱼身上裹着美丽的面包屑，煎好后放在令人炫目的沙拉、蔬菜和玉米粉面包中央，他叉开滑稽有趣的鱼鳃，伸到里面，叉出一块奇形怪状的鱼

① Wagon train，美国西部运动中运载移民的马车队。

肉，送到我嘴里说：“你来吃第一口，杰克，只有一小口，一定要仔仔细细地嚼。”——我照做了，油润美味的一口，然而到了我的舌尖上就再也不是什么美味了——接着，其他人都吃到他们神圣的一小口，小埃里奥特的眼睛闪着快活的光彩，因为这个游戏太有意思了，可那光彩却让我害怕——现在原因已经显而易见了。

我们吃饭的时候，戴夫宣布，我和他已经对嗜酒感到恶心，上帝为证，我们会改过自新，重新做人，接着他又开始像平常一样说些不着边际的故事，晚餐像平常一样在絮絮叨叨的谈话中结束。我一开始还想，这也许能让我感觉舒服一点，可是晚饭后我的感觉更加糟糕，“那鱼的肚子里肯定有死水獭、死老鼠和死蛇什么的，”我琢磨着——比莉在静静地刷盘子，一句怨言也没有，戴夫饭后在门廊里快活地抽烟，可我又溜溜达达到了溪边，要躲开他们所有人，我每五分钟去一次，尽管我也不明白为什么要这么做——我必须离开这儿——可我没有权力脱离大家——所以我又一次次回来，这只不过是疯疯癫癫的机械循环，没有方向，只是焦虑在轮回，来来去去，一圈又一圈，直到现在他们真的感到无比不安，因为我一次又一次无声地离开，然后非常诡异地返回，他们一直都坐在炉边一言不发，可如今他们的头聚到一起，窃窃私语——在树林里，我就看到那三个脑袋在炉边的阴影里悄声谈论着我——戴夫在说什么？——为什么他们好像在密谋下一步的计划？——难道一切都是由戴夫安排好，通过科迪来实施的，就是让我遇到比莉，然后被逼疯，现在他们让我单独在树林里，而他们今晚就要给我最后一次下药，让我彻底失去控制能力，第二天早晨我就会被送到医院，永远不能出来，而且永远不能再写任何东西？——难道因为我写了十本小说，戴夫·韦恩嫉妒了？比莉是受了科迪的指使，让我跟她结婚，那样他就能得到我所有的财产？罗玛娜是这个下毒团体里的专家（之前在车里我就听她说过树精，前天晚上她还唱了一些怪异的歌）——他们三个人，戴夫·韦恩应该是主谋，因为我知道他身上带着安非他明[①]注射器，就放在小盒子里，只要往西红柿里注射一些，或者鱼块里注射一点，或者往酒瓶里滴几滴，我的眼睛就会疯狂胀大变黑，就像现在这样，我的神经，啊呀好痛，我脑子里想的就是这些——他们还在火边坐着，一片死寂，当我噔噔地走进小木屋，他们的确又开始讲话：千真万确——我又走出来："我到公路上去走走。"——"好吧。"——可是当我刚刚独自踏上小路，数百万条手臂就在月光中围着我狂乱地挥舞。整个夏天我曾数百次经过的一个洞穴以及烧焦的树桩，现在也不再宁静，好像有什么在里面快速游走——我急忙回去了——就是在门廊里，我看到厕所边、断树下那些熟悉的灌木也非常害怕——而且现在小溪汩汩的流水声不知怎么又钻进了我的脑袋，伴随着海浪的节奏"咔嗒、咔嗒、哗啦哗啦，你到了上面，你咚咚铛铛地撞，哩哩啦啦哩哩……"我抱住脑袋，可是它一直汩汩作响。

当我闭上眼睛，无数面具在我眼前爆炸，当我看着月亮，它就开始摇晃、摆动，当我看着自己的手和脚，它们就开始爬行——一切都在移动，门廊像泥浆一样流动，椅子也在身下颤动——"你真的不想去忘忧草餐厅喝点曼哈顿吗，杰克?"——"不去。"（"我要

① Amphetamine，又名苯丙胺。致幻剂的一种，能够增加人的机敏性，暂时减轻疲劳感并增加攻击性。

说去你就会把毒药倒进酒里。”我阴暗地想着，可我竟然让自己这么恶意地揣测可怜的戴夫，又让我感觉非常痛苦）——我意识到精神错乱带来的无法承受的至痛：人们居然认为疯子是“快乐的”，这种想法真无知啊，哦，天啊，其实欧文·加登曾经提醒我，不要认为疯人院里尽是些“快乐的傻瓜”，“脑袋被紧紧地绷住，那真的很痛，精神中的恐惧带来的伤害更大，他们一点都不快活，尤其是他们跟谁也解释不了，既帮不了别人，也无法得到别人的帮助，他们忍受着歇斯底里的妄想带来的痛苦，这种痛苦超过了世界上所有的人，甚至我觉得整个宇宙也没人比他们更痛苦，”欧文是通过观察他妈妈内奥米知道这些的，他妈妈最后做了前脑叶白质切除术——这不禁让我想到，把我前额中的痛苦全部切除掉是多么美妙啊！啊呀，停下！别再汩汩作响了！——因为现在不仅小溪那里传来汩汩声，正像我说的，这声音离开了小溪钻进我脑袋里来，如果它是连贯的有意义的汩汩声也没事，可它全是闪耀着智慧光芒、给人精神启迪的汩汩之声，比一切的意义都更有意义：它在告诉我，一切都结束了，去死吧——一切都向我席卷而来，把我吞没。

戴夫和罗玛娜又到小溪边休息，他们要在月光下美美地睡觉，而比莉和我阴郁地坐在火旁——她的声音带着哭腔：“你到我怀里来可能会感觉好些。”——“我已经试过了一些方法，比莉，我已经告诉过你，我无法让你明白我到底是怎么了，你不会明白的。”——“我们再回到睡袋里去，像昨天晚上一样，只是睡觉。”——我们光着身子进去，可现在我没有喝醉，我意识到里边真的太乱太挤了，而且浑身发热，大汗淋漓，我真的无法忍受，她的皮肤也让我浸湿了，虽然我们的胳膊在外面的寒风中晾着——

“这样不行!”——“你要干什么?”——“我们到屋里的帆布小床上试试。”可是在狂乱中，我把小床弄得古里古怪的，我在上面放了块板子，但却忘了在下面放睡袋的垫子，我整个夏天都是这么做的，只不过现在把一切都忘了。比莉，可怜的比莉，跟我一起躺在这个荒唐的板子上，她以为我在用这种自我折磨的方法把疯狂赶走——真是荒唐，我们像木板一样僵硬地躺在木板上——我翻个身说：“我们再试试别的躺法。”——我试着把睡袋铺在门廊的地板上，可她刚钻到我怀里，蚊子就朝我飞过来，我汗流浃背地大叫起来，我看到闪烁的光芒，我听到隆隆的赞美诗，想象有一千个人聊着天沿小溪走来，怒吼的狂风夹带飞舞的树枝席卷过来，想把我们压碎——“等一下，”我大喊着起身走了一会儿，然后跑到溪边喝水，戴夫和罗玛娜在那里静静地缠绕在一起——我开始咒骂戴夫：“这混蛋把唯一一块像样的睡觉地方给占据了，就是小溪边的这块沙滩，要是他不在，我就可以睡在这儿，小溪就会把我脑袋里的噪音都遮盖住，我就能睡在这儿了，甚至和比莉一起，睡一整夜，混蛋，占了我的地方。”我像被人踢了一样弹回了门廊——可怜的比莉伸出双臂迎接我：“亲爱的杰克，快过来，爱我，爱我。”——“我做不到。”——“为什么做不到，如果我们以后再也无法见面，就让我们的最后一夜留下美好的回忆，留下值得我们永远想念的东西。”

“我们两个都珍爱的理想中的完美记忆，这个你都不肯给我吗?”——“我要能做到，我当然愿意。”我一边嘀咕着，一边像个挑剔唠叨的老傻瓜一样，满屋转着找火柴——我甚至连烟都点不着，有股邪恶的东西把它吹灭了，点着以后，它像一口含在嘴里的死亡，使我热切的嘴蒙羞——我抓起另一副睡袋和毯子，开始在门廊的另一端把自己堆起来，比莉叹着气，她现在明白，再也没有希望了。我对她说："我先在那边自己小睡一会儿，我醒来要是感觉好些，就再到你这儿来。"——于是我就过去试试，全身僵硬地翻身，眼睛睁得老大，无比惊恐地凝视黑暗深处，就像电影里刚刚杀死搭档的亨弗莱·鲍嘉[①]，想在火炉边睡一觉，可是你看他的眼睛一动不动，盯着火苗，像个疯子一样——我的眼睛就是这样凝视着——要是我想闭上眼睛，就会有某种弹力把它拽开——要是我想翻身，整个宇宙也跟我翻身，可宇宙的另一侧并不比这边好——我意识到，我可能永远也无法得到解脱，可我妈妈还在家里等我，为我祈祷，因为她一定知道今夜发生的事情，我向她大声哭喊，要她为我祈祷，救救我——这三个小时中我第一次想起了我的猫，不禁大叫出来，吓了比莉一跳——"你没事吧，杰克?"——"给我点时间。"——可现在她开始睡了，可怜的女孩已经筋疲力尽了，我意识到她抛弃了我，把我留给命运，我控制不住自己，总是想她和戴夫还有罗玛娜，其实都没睡着，都在偷偷窥视我，等我去死——"那么原因呢?"我想，"这个秘密的下毒团体，我知道，因为我是天主教徒，这是个反天主教的巨大阴谋，是要毁灭所有人的共产主义分子，他们系统地毒死一些人，直到最后他们把所有人都握在手心，这种疯狂把你彻底改变了，到了早晨你的思想就完全不一样了——毒药是艾若帕提亚兹发明的，是一种洗脑药，我一直认为罗玛娜是个罗马尼亚共产主义分子，而对于比莉来说，她那伙人都很

① Humphrey Bogart（1899—1957），美国男演员。

奇怪，科迪则全不在意，戴夫充满了邪恶，也许正如我一直理解的那样。”可是很快，我的思想甚至一丁点“理性”也没有了，只是几个小时都在胡言乱语——有很多声音在我耳畔私语，说得很快，时间很长，给我建议给我警告，突然有别的声音喊叫起来，问题是，所有的声音都幽远绵长，而且语速飞快，就像科迪说话最快的时候一样，也像小溪流淌的速度一样，我不得不跟上声音的意思，尽管我想把它从耳畔一棒子打走——我的手不停地在耳边挥动——我不敢闭上眼睛，因为我看到整个骚乱的宇宙突然倾斜，突然扩张，突然爆炸，突然爬进了我的中央，我的脸、叫嚷的嘴、长头发的大叫者、突然而来的邪恶的自信感觉、大脑委员会突然发出的啪嗒—嗒嗒—啪嗒声争论着“杰克”的问题，谈论着他，仿佛他不在这里似的——我等待更多声音的时候茫然无措，突然风在百万棵大树顶端的树叶间爆裂出巨大的呻吟声，就像月亮突然疯了一样——月亮升得更高了、更明亮了，像路灯一样把光洒进我的眼睛——在那边缩成一团睡觉的身影变得那么腼腆——那么富有人性，那么安全，我叫喊着：“我再也没有人性了，我再也不会安全了，哦，星期天下午我不在家，一直打哈欠，是因为我厌倦了，还是因为这个，它再也不会回来了——妈妈是对的，一切都一定要把我逼疯，现在达到目的了——我能跟她说什么呢？——她肯定吓坏了，自己也会疯掉——哦，蒂·小淘气，帮帮我吧——可我刚才吃了鱼，已经没有权利再要求‘小淘气’兄弟回来了——”——突然尖声喊叫的暗语表示，在我脑子里喋喋不休的那些话属于一种我从未听过的语言，但我却立刻听懂了——有那么一会儿，我看到了蓝色天堂，还有圣母的洁白面纱，可是突然间，巨大的邪恶像流散开来的墨水一样玷污了它，“魔鬼！——魔鬼今晚一直跟着我！今晚就是黑暗！就是这样！”——可是，天使笑了起来，在大海的岩石间跳起了热闹的谷仓舞，再也无人介意——突然间，像我此生清晰无比地看到所有的东西一样，我看到了十字架。

三七

我看到了十字架，它寂静无声，停留了很长时间，我的心奔向了它，我整个身躯向着它渐渐消散，我伸出双臂，希望它能把我带走，上帝作证，我被带走的身体开始死去，灵魂狂喜着飞向那黑暗中闪着光亮的地方，我开始尖叫起来，因为我知道我正在死去，可我不想让我死亡般的尖叫吓到比莉或者其他任何人，于是我把尖叫咽回去，只是让自己进入死亡和十字架中：我刚一进去就开始慢慢下沉，回到了现实——于是魔鬼们又回来了，长官们在我耳中发出命令，让我重新思考，喋喋不休的秘密在嘶嘶作响，突然我又看到了十字架，这次更小些更远些，不过却清晰依旧。我透过所有嘈杂的声音说："我会跟随你，耶稣，永远，感恩。"——我躺了下来，浑身被冷汗浸透，思量着这些年我身上都发生了些什么，我做过佛学研究，还拿着烟斗吸烟，同时陷入对虚无的沉思冥想，终于使十字架突然现身——我不禁泪眼婆娑——"我们都会被拯救——我甚至都不会把这件事告诉戴夫·韦恩，我不会叫醒他，吓他一跳，他很快就全都明白了——现在我可以睡了。"

我翻了翻身，可这只是开始——刚刚凌晨一点钟，夜色在月亮的转动中慢慢消磨，越来越暗淡，直到黎明到来。一夜之中我一次又一次看到十字架，可是不知哪里进行着战争，魔鬼也不断地回来——我知道，就算我只能睡上一个小时，我这嘈杂混乱的大脑也会安静下来，某种控制力便会回到里面去，某种福祉便会使整个事情平息下来——可是蝙蝠又悄然而至，在我四周拍打着翅膀，我在月光下清楚地看到它那黑暗的小脑袋和狂乱的锯齿形翅膀，因此你甚至不敢看它们一眼——突然我听到嗡的一声，千真万确是一架飞碟在大树上盘旋，嗡嗡声就是从那里传来的，那里是发布命令的地方，“他们是来抓我的啊，我的天啊！”——我跳起来紧紧瞪着大树，看来我得自卫了——蝙蝠在我脸前拍打着翅膀——“蝙蝠就是他们在峡谷中的代表，他们已经收到它发出的雷达信号，他们怎么还不走？戴夫听到这恐怖的嗡嗡声了吗？”——比莉睡得死沉，小埃里奥特突然蹬了蹬脚，一次——我意识到他根本没睡着，他知道眼前发生的一切——我又躺下来，穿过门廊的地板，眯着眼睛窥视他：我突然意识到他在盯着月亮看，你瞧，他又蹬脚了：他在发送信号——他就是伪装成小男孩的巫师，他也在摧毁比莉！——我起身去看他，心里也感到有些愧疚，我也明白，这也许都是胡思乱想，他的被子没盖好，他的小胳膊露在外面，这么冷的夜晚不盖好毯子，他甚至连睡衣也没穿，我骂比莉——我给他盖好，他发出“呜”的一声——我回来躺下，疯狂的眼睛在看着自己心灵深处，突然福佑降临，可睡眠机器却拉着它下沉——我梦到我和两个小孩被雇佣在山里干活，就是跟“孤凉峰”（其实就是米恩莫山）相同的山脊，一开始是和一个在悬崖下面河流里的船工在一起，他告诉我们，有两个工人已经明显陷在了悬崖边的雪地中，我们必须在峻峭的悬崖边向下俯身，看看能不能把他们“翻出来”，或者拉进去——我们能做的就是躺在易碎的雪地上，一千英尺之下就是河流，我们把雪弄成一块一块的，雪块那么大，你都不知道会不会把人压在下面——不仅如此，老板还有专门的带滑雪器的鞋，可以使他们稳稳站在安全的岸上（就像滑雪夹），于是我开始意识到，我们只是在骗这些可怜的孩子，要是之前是我们在干活，那我们很可能就掉下去了（我几乎就是在往下掉）——（掉下去了）——（几乎）——作为故事的观察者，我发现这不过是个一年一度仪式性的玩笑，目的是逗逗刚来干活的小孩，他们之后就被分派到河的对岸去，在陡峭的河堤上敲落更多的雪块，希望能发现失踪的工人——于是我们从那儿开始了漫长的旅程，首先是沿河而下，可是在路上，所有的农民都给我们讲对岸“神怪机器”的故事，那机器发出的声音像某种鸟类和猫头鹰一样，它拥有百万个恶魔般的精巧装置，所有那些漫不经心、随意摇摆的风车零件都足以让你备感难受，我又一次作为“故事的旁观者”看出这不过是吓唬我们的小伎俩，让我们这些夜晚到那里去的人把原本听到的鸟和猫头鹰真实自然的叫声当作是“鬼怪”的叫声，就像乡下没见过世面的菜鸟一样——同时，我们签了合同要到大山中去，可我向自己保证，如果我不喜欢那里的工作，我就回到“孤凉山”，去干原来的活——我们的雇主已经展示了他那能够杀人害命的幽默感——我到了米恩莫山，它就像拉顿大峡谷一样，有一条巨大干涸、已经衰颓的河流在巨大的洞穴中流淌，里面许多岩石上都有巨大的正在孵蛋的秃鹰——老流浪汉们费劲地向它们划去，然后笨拙地把它们从岩石上拉下来，像喂宠物一样给它们喂食，血红的肉块或者红蜘蛛，尽管我一开始认为这些古怪的城镇老游民想吃掉它们，或者卖掉它们（依然有这种可能），因为之前我观察的时候，看到在城镇的垃圾堆有数百只在缓慢交媾的秃鹰——这些秃鹰现在都有了人形，长着人形的胳膊、腿、头、躯干，可它们却有着彩虹般绚丽的羽毛，男秃鹰全都静静地坐在女秃鹰身后，缓慢地与她们交媾，所有的动作都是同样的缓慢而淫秽——男秃鹰和女秃鹰都坐在那儿，面对相同的方向，可它们却连在一起，因为你能看到它们所有那些被五彩羽毛环绕的屁股，它们都在缓慢迟钝单调无聊地在满是垃圾的山坡上交媾——我走过的时候，甚至看到一只年轻的金发男秃鹰脸上的表情，那是一副永远都恼怒的样子，因为它的秃鹰情人是个碎嘴婆，总是不停地在跟它争吵——它的脸跟人完全一样，但是苍白松懈的程度却不像人，恰似还没有烹饪的又白又黏的生面团，一种它命中注定无法逃避的凝滞而神经质的惊恐生硬地写在脸上，这一切都足以让我在同情中颤抖，我甚至看到女秃鹰的生面团脸上年过半百的、饱受折磨的恐怖表情——它们太像人了！——不过，我和那两个干活的小孩突然被带到了秃鹰人在城里的高档社区内，一个秃鹰女人和它的女儿带着我们看房间——它们的脸像得了麻风病一样肥厚，上面粘着软乎乎的酵母，可是却画着五颜六色的妆，使它们看起来像是笨乎乎、厚墩墩、长满绒毛的圣诞玩具。但它们却有人的表情，比如像橡胶一样愚钝的厚嘴唇，像饼干粉一样随时都会碎裂的肥胖模样，黄色的像披萨呕吐物的大脸，我们感到无比恶心，尽管嘴上什么也没说——公寓里有到处都是垮掉派风格的脏兮兮的床和床垫，而我走到后面去找水槽——真大啊——穿过长长的油腻的餐具室和像一个街区那样辽阔的盥洗室，似乎没有尽头，可那里只有一个肮脏不堪的小水槽，周围漆黑一片，又黏又滑，就像洛厄尔中学乱七八糟的地下室——最后我来到厨房，我们这些“新工人”的任务是整个夏天在这里做出一丁点儿吃的东西——壁炉很庞大，是用石头做的，炉子也是用石头做的，一切都恶臭难闻，油腻难耐，因为秃鹰人已经进行了长达一个月的宴会狂欢，地板上还扔着十几只没有烹饪的鸡，周围全是垃圾和酒瓶——到处都是腐臭和烂乎乎的油脂，从来没有人打扫，也不知道如何打扫，这地方跟车库一样大——我慌忙夺路而出，推开一个油腻无比、臭气熏天、粘满食物残渣、像盘子一样的东西，匆匆逃离这巨大而恶臭的空虚与恐怖——金黄色的肥鸡变了质，肚皮朝上，躺在堆满杂物的石板上——我匆忙出来，我这辈子也没见过这么肮脏的景象，同时我得知那两个孩子在为我们研究装满秃鹰食物的篮子，其中一个很聪明地说："我们的糖里有发疱药。"意思是说秃鹰把它们的发疱药放进我们的糖里，想让我们"死"，可是我们没死，而是要被带到"地下黏液"中，要在齐颈深的冒着热气的垃圾中推拉巨大的吱吱作响的轮子（在一群谎话连篇的蛇群中），于是长耳朵的魔鬼就能开采它的"紫红色方形石"，而这正是这个王国的全部秘密——到最后，你就在下面呻吟着，在别人的甚至你自己家人浮在淤泥之上的尸体间推拉——如果你成功了，那你就能成为面糊似的秃鹰人，也能在上面的垃圾堆里缓慢而猥亵地交媾，我觉得，秃鹰人要么就是这么变成的，要么就是魔鬼用地狱里剩下的烂东西发明出来的——"有人要豆子吗？"我听到自己在说话，砰的一声！我又醒了！埃里奥特又像刚才一样在门廊上蹬脚！——我望过去！——他是故意的，他知道正在发生的一切！——我到底为什么要把这些人带到这儿来，为什么恰恰在那个月亮、那个月亮、那个月亮十分特别的夜晚？

我又起身走来走去，到小溪边喝水，戴夫和罗玛娜抱作一团的身影在月光下一动不动，真虚伪啊，"混蛋，占了我唯一睡觉的地方。"——我抓住自己的脑袋，我一直孤单一人——我非常害怕，想方设法克制自己，回到小屋里，来到点燃的灯旁，抽支烟，试图从腐臭的酒瓶里挤出最后一滴红色的液体，可是没有——那时，比莉睡得沉静又安详，我琢磨着，要是我躺在她身边搂着她，是不是就能睡着——我这么做了，把所有衣服穿戴整齐，然后爬进去，因为我怕发疯时光着身子，也怕我无法突然逃离这一切，我穿着鞋，她在睡梦中发出轻轻的呻吟，然后又沉沉睡去，我抱着她，双眼无神地瞪着——月光下她身体凝白，可怜的金发那么仔细地梳洗过，这小女人的身体也是我四处游走的一个负担，正像我自己的身体一样，不过她那么纤弱，那么清瘦，我含泪凝望着她的双肩——我应该把她唤醒，向她坦白一切，可是我却只会吓到她——我已经造成了不可挽回的伤害（“无可挽回的伤害!”小溪好像也发出这样的呼号）——我所有的自言自语突然都冲口而出，变成了小溪似的汩汩之声，于是意义一分钟也无法停留，我的意思是说，它一刻也不能满足我想去控制和把握理性的努力，我的每一个想法都被百万个粘合起来的思想爆炸击碎成百万个碎片，我记得在酶斯卡灵等迷幻药的作用下，我第一次看到这样的场景时觉得很美妙，那时我曾说（仍然在天真地玩文字游戏）：“啊，多样性的展现，你真的能看到它，它不仅仅是文字。”可现在却成了：“啊，克斯拉马罗哟，你在腐烂。”——直到黎明终于到来时，我的脑子还是一连串的爆炸声，声音越来越大，越来越“多样化”，碎成一片一片的，其中一些是大的管弦乐，接着是多种景象和声音混杂的彩虹爆炸。

黎明时分，我有三次几乎在蒙眬之中睡去，可是我发誓（这是我能记得的一些事，可它却让我意识到，我无法理解大瑟尔发生了什么，甚至现在也无法理解），那个小男孩不知为什么恰恰在我半睡半醒的时候蹬脚，于是我立刻就醒了，彻底清醒了，又回到恐惧中，当一切都说过，一切都做过，那种恐惧就是对世界的恐惧，对我来说，表露出这种恐惧真是太他妈的好了，我真是活该这样，谁让我以前在书里总是无忧无虑、喋喋不休地谈论别人的痛苦。

书啊，我的宝贝书啊，这种厌倦已经让我暗自许愿，如果我真的能摆脱它，我会快乐地做个工厂里的工人，永远闭上我的大嘴。

三八

黎明是一天里最恐怖的时间，猫头鹰突然在朦胧的月光中来回哭号——比黎明更糟糕的是清晨，明亮的太阳只是照亮了我的痛苦，使它更明亮、更灼热、更疯狂、更痛苦——我甚至在星期天早晨明媚的阳光下，在山谷里来回游荡，胳膊下夹着睡袋，绝望地寻找能睡觉的地方——我刚在小路旁的草地里找到一块地方，就意识到我不能在那躺下，因为游客可能会路过这里，看见我——我刚找到小溪边的一块林间空地，就意识到那里很阴险，就像海明威笔下沼泽的黑暗之处，在那里“钓鱼会变得更加悲惨”——所有我常去的地方和空地都有某种特别邪恶的力量聚集起来，把我赶走——饱受折磨的我在峡谷里到处徘徊，夹着睡袋哭喊着：“我到底是怎么了？世界怎么变成这样了？”

难道我不是人吗？难道我没有像别人一样尽心尽力吗？我从没有真的要伤害谁，也没有没心没肺地随口诅咒上帝——我这辈子所学的词汇突然间全部非常严肃、非常明确地带着死亡气息走近我，我再也不是“快乐的诗人”，“歌唱”“死亡”和与死亡相关的浪漫之事，“穿越灰尘的碎屑，你和你十亿年的残渣，这里是给你的十亿片残渣，在你的抖动中把它们抖落”——峡谷中一切绿色的生物现在都在早晨阳光中舞动，像一群残忍的白痴。

回到那些睡着的人那里，瞪着狂野的眼睛凝视他们，就像我的兄弟曾经在黑暗中，在我的婴儿床旁凝视我那样，用充满忌妒的、孤独的眼神凝视他们，与他们那简单的沉睡中的头脑区别开来——

“可他们看起来像死了一样！”我在我的峡谷中痛苦不堪，“睡眠就是死亡，一切都是死亡！”

当其他人终于起床，并且开始胡乱而焦急地准备早餐时，我的恐惧达到了顶点，我告诉戴夫，我一分钟也不能在这里待了，他必须开车把我们送回城里，“好吧，不过我真的希望你能像罗玛娜一样，在这里待上一个星期。”——“那好，你就把我送回去吧。”——“哎呀，我怕蒙桑托会不高兴，我们都把这儿弄得又脏又乱，其实我们得去挖个垃圾坑，把那垃圾倒掉。”——比莉主动去挖垃圾坑，可是却挖了一个又整齐又小巧的棺材形的墓穴，根本不是垃圾坑——甚至戴夫·韦恩看了也有点吃惊——那个大小正好可以把小埃里奥特的死尸放进去，戴夫瞅了我一眼，凭这一眼我敢断定，他肯定跟我想的一样——我们都熟读弗洛伊德的东西，明白那些事——另外小埃里奥特整个早晨一直哭个不停，还挨了两次打，最后他们俩都哭起来了，比莉说，她再也无法忍受了，她要去自杀——

罗玛娜也注意到了，完美的四英尺长、三英尺宽的坑，而且是个边缘整齐的墓穴，正好可以放个小棺材进去——我被吓坏了，我拿起铁铲就不停地往里面倒垃圾，要把那整齐的形状搞乱，可不知为什么，小埃里奥特开始尖叫着抢我的铁铲，不让我靠近那个坑——于是比莉开始自己动手填垃圾，但却意味深长地看了我一眼（我肯定有时她真的是蓄意要把我逼疯）：“你想自己把活干完吗？”——“你什么意思？”——“填上土，尽地主之谊？”——“尽地主之谊是什么意思！”——“你看我说，我要挖个垃圾坑就挖好了，你就不想把剩下的活干了？”——戴夫·韦恩饶有兴趣地看着，他也看出了其中的怪异、寒冷和可怕——“好了行了，”我说，“我来把土填上，再把它踏平。”可我一开始干，埃里奥特就尖叫：“不不不不不！”（“我的天啊，鱼骨头就在这个坟墓里。”我也意识到了）——“到底为什么他不让我靠近那个坑？你为什么要把它弄得像个坟墓？”我终于大喊起来——可是比莉只是不动声色地笑着，在坟墓上方，手里拿着铁铲，孩子在哭着用力拉扯铁铲，冲过来挡住我，想用他的小手把我推开——我完全糊涂了——我一拿起铁铲他就叫喊，好像我要把比莉或者其他什么东西埋进去似的，也许是怕把他埋了——“这是怎么回事，难道他是个小白痴？”我大叫道。

比莉依然带着安静的、不动声色的微笑说：“哦，你才是他妈的该死的精神病！”

我立刻就疯了，我把土倒在垃圾上，使劲用脚跺着说：“去他妈的，让这些疯狂都去死吧！”

我疯了，在门廊上使劲跺脚，然后一屁股坐在帆布椅子上，闭上眼睛——戴夫·韦恩说，他要去公路上看看峡谷的情况，等他回来的时候，姑娘们就把行李收拾好了，我们就都离开这里——戴夫走了，姑娘们开始打扫起来，小孩子睡觉去了，一切在突然间令人绝望地都结束了，我坐在炎热的阳光里，闭着眼睛：在我的眼皮里挤满金色天堂的宁静——这种宁静伴随有力的大手而来，给我带来了温柔的祝福，这祝福既仁慈又宽广，也没有尽头——我睡着了。

我以一种奇怪的方式睡着了，双手紧紧扣在脑后，我只是想坐在那儿思考一下，可我就那样睡着了，短短的一分钟后我就醒了过来，我意识到，两个姑娘都坐在我身后，陷入绝对的沉默——我坐下的时候她们在打扫，现在她们却坐在我身后，彼此相对，一言不发——我转过身看到她们在那儿——就从那一刻起，幸福的轻松感降临到我身上——我完全恢复正常了——戴夫·韦恩走下公路，去看田野和花草——我微笑着坐在阳光里，鸟儿又唱起了歌，一切都好了。

可我还是不明白。

我最不能理解的就是姑娘们、睡觉的小男孩那种奇迹般的沉默，以及在田野里戴夫·韦恩的沉默——美德伴着金色的阳光洗涤了一切，也洗涤了我的身体和心灵——所有黑暗的折磨都成了回忆——我现在知道，我解脱出来了，我们要开车回到城市，我会把比莉送回家，我会用适当的方式跟她告别，她不会自杀，也不会做任何错事，她会忘记我，她的生命将继续，罗玛娜的生活也将继续，戴夫会处理好的，我会忘记他们，而且把一切解释清楚（我现在正在解释呢）——还有科迪，还有乔治·巴索，以及虎背熊腰的麦克李尔和像星辰一样完美的费根，他们都以这样或那样的方式在走过一生——我会在蒙桑托家里住几天，他们会微笑着告诉我，如何享受眼前的快乐，我们不再喝甜酒，而是要喝些干红，在他家度过几个宁静的夜晚——马亚瑟也会来到我身边，安静地画画——蒙桑托会说："一切就是这样，轻松一些，一些都很好，别把事情看得那么认真，已经够糟糕了，你就别在想象的概念里钻牛角尖了，就像你以前经常说的那样。"——我会买上车票，在鲜花盛开的日子告别，把整个旧金山甩在身后，穿过秋日的美利坚回家，然后一切如初——朴素金色的带着对万物永恒的祝福——什么都不曾发生——连这件事也没有——海边的圣卡罗琳无论如何都将魅力依旧——那小男孩将会长大，成为了不起的人物——会有告别与微笑——我妈妈会开心地等我回家——院子一角埋葬“小淘气”的地方，会成为一块崭新而芬芳的圣地，让我的家变得更加温馨——在温柔的春天的夜晚，我会站在院子里的星空下——美好良善将从万物中显露成长——并会闪耀金光直至永恒——无须再讲了。

海

大瑟尔的太平洋之声[①]

① 该诗在原著中附在正文之后，诗中将大海的声音与作者的思想联系一起，一些词汇为作者自创，同时全诗并不恪守语法规范，因此翻译起来较为困难，若保留其象声词，便失去其意义；若保留其意义，便失去作者运用象声词表达思想的独特之处。为读者阅读之便，此译诗尽量保留其意。

海

赫尔松[1]！

赫尔松！

你不仅仅是异想天开，大海！

赫尔松！赫尔松！

我们化作灰的祖先

就在下面！

厨房的灯亮了……

俄国来的发动机海鸟也在下面——

当岩石掀起白沫

我知道来自夏威夷

撞击着、攀爬到双腿般的崖壁

直抵这百万年的淤泥之处

哗——唰——嘶——

持续不停泛亮

十亿年撞击着

岩石

咯隆隆

海鸟

天堂鸟

像妻子和大山一样悲伤

像母亲和雾一样可爱
哦！哦！哦！
大海！哦！
你那小海神今夜
在哪里？

那些文雅之树的不雅之页
与你撞击一切的怒吼
无关
骗人的海，啊，
为岩石而生
颤抖的海鸟挖掘出
空洞的脚步海草
鲁莽大胆地
移动冲撞？啊，又来了？
这里的酒是盐？
潮汐起伏的厨房？
俄罗斯的发动机
在你温柔的话语里——

海里的鱼
说的是布列塔尼话——

---

① Cherson，乌克兰重要的港口城市。

我的名字是勒布利斯·
德·凯鲁亚克——
说呀，鱼，洛蒂，
说呀——
说海洋用沙子
撞击亿万年的岩石——

砰啪，扑啦啦密谋——
海岸——鞋——
神啊——匆匆

海岬看起来好像
长鼻子的牧羊狗在睡觉
它的鼻子上闪着
光泽，海洋
遵从它精神的
归宿，有节奏地
撞击，它能够也将会
侵入，你在沙滩的思想
节奏——
——该死的大肩膀
长在那个狗娘养的身上

说，哦，说，海，说，

海对我说，对我
说，你点亮你的银光
那里洞穴在阿拉斯加敞开
灰色——嘘——风吹进
雨中峡谷的风
起伏的皮疹里的风
移动又滑行
海
海
俯冲入海
哦鸟——岩石的
复仇
之力
啊

猛地，它撞击大门
破门而入，赫尔松，赫尔松，
我们把祖先化作石灰，在这下面
——湿湿的十字架，缠结着
海草——苏醒后咧嘴而笑，
浅睡——摇动——哦，不，
哗唰——逃避——砰，扑通
海神现在伸展了手臂
而百万个灵魂

在黑暗的洞穴中被点亮
——什么古老的吠声？是狗
山？被海中的发动机
拖下？上帝奔跑——海岸——
唰——嘘——哦，轻声叹息
我们等待头发交织就像
云雀——撒尿——不休息
——算计吧，翻来覆去地，钞票啊，
再来一瓶，算计，啊啦发誓，
窸窸窣窣，——谁在那边说
悄悄话——傻乎乎的庸俗小溪！
雾打雷——我们让银光照在
脸上——我们让英雄
进来——亿万年的时间
什么都不是——

哦，下面有城市！
那些人有一千条
手臂！支撑他们向上
凝视！他们诗歌中的珊瑚！海龙
被弄软，喂食肥胖的鱼——
那瓦克，那瓦克，海里的鱼
讲着布列塔尼话——
像人们的梦一样轻柔地

洗涤——人们在海岸
进进出出，我们叫它
海岸，海叫它
呸呸 嘶嘶 砰砰——
自从我们看到禅之实质
地球已经过了五十亿年——
中国人就是海浪——树林
在做梦

人类的语言没有表明
悲哀的标志比
古老还古老，这波浪
冲撞着刺痛了沙子
用砰砰作响的
疾速旋转的沙质
的思想——啊，改变
世界？啊，准备好
费用？绳索是不是
所有大海中的天使？
啊，黏糊糊的水獭
难以摆脱——
啊，洞穴，啊，咔咯嘘！
羽毛般的海。

太多不足——“不行”小姐
今夜在哪儿?
写书的凯鲁亚克
在拉皮达日安
亚里士多德公园
中间全是黏土
——还有兰蒂福尔纳
用绳子拉着珍珠
送给君主
国王在曾经之海
的森林中
循环往复?
不是曾经之海，是海
——爬行
撞击

女人和她的身体
在海里——从不移动
从不咆哮，哗唰哗
——蛇和它的身体
在沙下——狗
带着鼻头的光泽
仰卧着，带着巨大的肩膀
它们延伸回到

雨的噼啪——树叶匆匆
入海——我们让它们匆匆
被打湿，让它们被盐转化，一个
更赤裸的想法让你看到
它们源起于我们之海
没错——星期天下午
并不注定要欢声震天——我们
跑着穿过悬崖之核，
砰砰爬上洞穴，没有脱离
果冻或果冻般的下垂体
的思想者——

我们的军队
就是海湾中锚定的海草
散发出果冻般咸盐
的气味——
到达，到达，一些树叶
来的还不够
匆匆——翻滚，翻滚，漩涡
般的沙子和鲨鱼的地板
绿色的说巴利语的天空之神
——啊向后——啊向前——
啊，唰嘘——砰砰，远去，
注定，一天——血脉我们

坚定——海是我们——
说啊，说啊，砰砰砰
大地——啊咦咦——哗，
唰，唰嘘，呼啦啦，
啦哇嘚，嗒啪哇嗒，咆呜，
枯夫，鲁夫，如夫，——
不，不，不，不，不，不——
哦是，是，是，哟，是呀——
嘘嘘——

哪一个？这一个？哪
一个？那个呼呼噗噗的？
呼呼噗噗的那个？都一样，
啊，轰隆隆——那只蚂蚁是谁
那只巨大金色的被盐转化
使我的脚变得像山一样大
的那只？它是发现者，发现
思想的变化加入到洞穴中
隆隆的悬挂者之间
一点亮——在上面建
一幢房子？千万别怕
万千不怕，那些讲火星
语言的布列塔尼人
是西班牙后裔就像在南方

念般若波罗蜜心经的
库尔德人的屁股?
啊，是啊！咳，呜啦姆！
阴郁的海，沉默的我——

他们不想去试试
他们蚂蚁一个星期
就把一百万年
的隧道洞穿
赢了——不——在下面
海岬上的懒汉要抽大麻，
海之小鸡
喋喋不休，他们睡觉——
呼噜，呼噜，呼噜，呼呼——
水獭我水獭我女儿我海
——我心中最后的蓝色
之水，海——海的全部
物质都是神圣——
我们谈着空间并且
急匆匆——不要让嘴
吞噬了海——伽夫瑞
伽夫罗——赫尔松的中国人
还有手指甲一样古老的海——是你
在耳边回响吗？滴答，滴？

是圣母在

试探我吗

疲惫的古老的海，你难道

对这些狗屎不恶心不厌倦吗？

这些无止无休的轰隆隆轰隆隆

还有沙滩的散步——

灰白古老的岩石从这里延伸到火地岛[1]

你们就从不感到悲伤？——或者

像德国的骗子一样绝望？

就这样阴沉地轰隆轰隆，还有

雾夜的绿色——雾是我们的

一部分——

我知道，可我累了

我也许一直倾听这些

愚蠢的辉煌——

吧唏！

隆！

砰砰！

那条坐而不沉

的鱼是谁？快跑

夏威夷的台风在岩石上

① Fuegie，南美洲南端岛屿名。

把它碾碎——我们让你成为果冻，
果冻人，给你看海里最精华的
果冻——海
之王。

没有一个君主是爱尔兰人？
看到爱尔兰海？
落叶松上绿色的风——
詹姆斯——乔伊斯——嘶嘶——
海——嘶嘶嘶——看——
——哇啦嘘
——姆哪哇嘘懒鬼
的书写——海其实并没有
说什么

天啊，她，
婊子，拉扯，诱骗
男人，尤利西斯和所有
那些脑袋好看的僧侣——
喷射了三次，又有什么
不同！一束小小的
白色光芒！
被头发纠结的双手

珀涅罗珀[1]的海船
发出味道——谄媚者
伪装成忒勒玛科斯[2]的样子
鞋掉了鞋掉了
爬行——或者——
法郎金币让海下的
小溪泛起波纹
那里的鱼帮助渔夫
捕鱼——盐浸的
深褐色的湿漉漉的西南人
古老葡萄牙的祈祷者
全都纠结，改变，
盐和落下的沙
和海草和进水的脑子
纠结缠绕——古老
威尼斯叫嚷的老鼠
爱丽尔[3]被卡利班[4]化了
去了罗马港——
砰——符咒——
讲话者说啊，

---

① Penelope，希腊神话中奥德修斯（Odysseus）的忠实妻子，丈夫出征二十年，对其丈夫忠贞不渝，严拒求婚者。
② Telemachus，奥德修斯和珀涅罗珀之子，帮助他的父亲杀死珀涅罗珀的求婚者。
③ Ariel，莎士比亚剧本《暴风雨》中的空气般的精灵。
④ Caliban，《暴风雨》中半人半兽形怪物，现比喻丑恶而残忍的人。

在我妈妈的客厅，洗洗
你的脚，当你
进来时，对雾蒙蒙的月亮
说谢谢

去，快啊，咚啪嗒
远远地去吧——我们会把
玫瑰变成灰色——清晨
第一缕光爬过，看到
眼光非凡的鸟
发出濒死的啁啾
那黄色的喙！大地多么
甜蜜，沙子喊道！
除了隆隆的颤抖
声起！
哦，我们也在等待
天堂——万物
一体——
万物都在
清晰而明了
我现在要去把
古老的帕维亚[①]洗净，

① Pavia，意大利地名。

再把我的盐打包到
随便哪个市镇——
远古的悬崖
并非没有玫瑰，
清晨已经看到
仰人鼻息的人装腔作势——
轰隆 官员的轰隆
海是我的——
我们是海——
并非遍地是雪

我们马上要洗净
富士山，还有沙子
弯钩鸟回来——
我们赶紧猛击
岩石——咔咔——
长的——短的——
低声而且轻松——
风和许多在幸运石上
冻僵的屁股——
啦啪牢砰嗒——

恩底弥翁[1]你这个迷乱的
睡梦中的人爱我的大腿
——雪莱的玫瑰，
玫瑰，哦古瓮！
鱼眼中妩媚的瓮

死之海啊气之海
麦哲伦海岬之海
——他制止了怎样的星球谣言
俯身向海看古老的山羊皮手稿
留着那垮掉派的山羊胡子
找到平面大地的另一面？
看到了圆，看到了我的尽头？
巨大的圆形卧室？
噢，洞啊穴啊，喔喔呼——
沙子，盐粒，头发眼睛
——强壮得能够在你的
头发里种植咖啡——
海神得到了谁的种植园？
阿特拉斯[2]的种植园还在下面，
西方之国在他脚下，瑟尔是他的雨雪，

① Endymion，希腊神话中的月神，英国浪漫主义诗人济慈曾以此为题写下诗歌。本节后提到的古瓮应也与济慈创作的《希腊古瓮颂》有关。
② Atlas，希腊神话中的人物，受罚以双肩掮天的巨人，比喻身负重担的人。

爱尔兰海是他的指尖
而康沃尔是他灵魂的
卧室

嘘啊——嘘啊——啪啦啪
扑通通——古老知识的悲叹
在我身边高耸——老人粗糙
的双手已经耗尽了
血统和家谱，我们弄沉的船
比梦想家能够想到的要多得多
——燃烧——燃烧——世界
在燃烧急需要水啊水啊
——我将有个女儿，
应该会，等着瞧啊瞧啊——
搅啊，搅啊，我——
内裤——内裤——
那些古老的幻想
充满少女气息——你在我现实的
海里看不到美人鱼
——你还没见过无性的婴儿
胸膛雄伟无比——
我的妻——我的妻——
她的名字是如此之
高贵的人生

底层生活的王国里
我们分配茶叶的地方，是
我身边的海——
唰嘘——咝咝——啪嗒啦——
嗳咦姆呼嘘——
嘶嘶嘶——过来读懂我——
肮脏的明信片——顽童之海——
咔啦嘘 你的名字——？
想游泳，沉下还是游泳？
耳旁又叮铃起来？
海有节奏地振动
砰砰地撞击洞穴
空中吹过呼啸的风
把狗唤回——到海边——
啊咦咦——
格拉吉拿破仑，什么都没有——
什么都没有

普路托[①]吞没了海洋——
房间——
海边双手交叠——
“它要抓到一切，吞食

① Pluto，希腊神话中的冥王。

静寂，”海里的鱼
说——啊 战神——要得到——
海上霸权——狗屎——狗屁
沉默的海——发出怒吼——
海洋是母亲——
我沉默的时候我并
不坏——狂怒时
我狂吼！像个疯子！
我吞食，我抢夺一切！
咔啰咔——咔啦咔——牛奶
五月！五月！五月！五！
吹动沙子的风说——
普路托吞没海洋——
朋友走啊——嗒——喳 砰砰
走——来——烦恼——
忧虑——呀呀 哒 咔 喔
咯哒咯哒 砰！咯 咯 咯！
咔咯咿！咯咿咯！
这样一些嘀答嘀答的声音
被困住的兔子在那儿被捉
阿那咚哒克的公羊撞我
克鲁尔围上来拍打
阿那啊咔咔尔克的老鼠
雷蒙

卡拉 呜——姆

我操——邋遢女

脚冷？涉水——心痛？

是罪——罪过——淫乱？——把海放倒？

粗野？跟我试试——

这里感觉不再悬吊

我们走吧，咔 哇 啦 哒

费力啊，是啊，

更费力，又来了，咳 夫鲁克

咳 绽放开来了

伟大的特洛施先生来了

——更多的海浪过来了

每个音节都随风

回来洗漱闲聊

吧啦吧啦——主说

都是一样吧

一个悬空的

恼人的灵魂无法融入

虚空——海只会把我

淹死——这些语言

是对病态死亡的

装腔作势之态——

我们尽力依靠自己
一路前行，援助
从来不会很快到来
不管从哪儿来不管是什么
亲爱的天堂也许
已经提议接纳我们——

可是这些海浪让我害怕——
我要死了
因为极度的绝望——
在哪里醒来？
生命里的第二次呼吸
大气会更亲近
也许会更接近天堂
——哦，天堂——
海难道真是这么糟？
是你把人送到这里
给这世界上冷漠的小丑
和魔鬼作了口中食？我在嘲弄
谁的声音？

上帝我应该相信你
否则就会生活在死亡中！
你会救我们吗——所有人？

很快或者就是现在？
为我们溺水的脑子
送来光亮
——我们多可怜，主啊，
我们需要你的救护！
拯救我们，亲爱的——
（拯救你自己，上帝之人，
哈哈！）
如果你是上帝之人
你会命令这些海浪
做出优雅的丁尼生式停靠
甚至丁尼生
亲爱的
现在死了
把它留给光吧
关心你自己的晚餐
还有一只眼睛

某个人的眼睛——一个妻子
一个女孩，一位朋友，一只动物
——滴下一滴血——
他为他的海
他为他的火
汝为汝之欲

“海赶我走
还嚷着‘找你的欲望去吧!’
——我匆匆走上峡谷的时候
它又加了最后一声叫喊:
‘还要大笑!’”

就连海也不能阻止我
写下什么等我老去再读
——这是形式简洁的表格,
这片海是最简洁的——你自己唏嘘——
像那样惊吓过我之后,海洋
我要批判你的贫民窟——你的
碘海草与黏土环
甚至还有你干燥的空心海草
发出恶臭——你全身都发臭——
轰隆——试一试,爬行——
蒙特利的小渔船
顺流漂过十五英里
回家烤鱼再来五瓶啤酒——
它把鸟的路线给海做指引——
——银光永远向外消散
——从人类大桥的蓝天
到海中央厚重的令人厌恶的云朵
堆积——变成灰色——

一些男孩叫它炮艇蓝，
或者灰色，可我叫它
岩石的内战
——岩石变成空气，岩石变成水，
岩石变成岩石——
咔啦，嗒威啦，哞呐嘘，猛烈地击打
——呼唰，啊在低处——咵啦唰
在高处——溅到脚上——
噼啪——翻滚试探泡沫飞溅——
斑斑点点的海峡——
英俊的国王战胜了
轰隆鸣叫的鸟之脑袋——
“唾弃你的想法，”你的想法我呸呸呸，
海说，对我，说的
对极了——
扑嘶！扑嘶！扑嘶！
嘶！里面的女孩！
红鞋生了泡沫，老巫师
的眼睛，脚趾甲悬吊在
老旧的奶酪木桶里
荷兰人忘记吃掉那十九
哦，十七
世纪的大风暴——
当炮艇的鱼雷击中

山谷中赢了百万费用
的彼得牌戏呢？

当对眼的麦哲伦
吃掉了亚马孙的脚——
还有，哦，当哥伦布穿越那里！
当德雷克爵士通过哺养深色
的蓝鸟让海浪都具备了法国
特性——面对轰隆巨响
猛击他的大啤酒罐，
收藏起红发埃里克[①]的所有想法
格陵兰岛上盗贼们和
建造者堆积无用的石堆
在新港——新——然而——
旧港的印第安鱼头
旧港纹身的夸扣特尔族[②]头标
禁止精怪乱舞的冬节？
古老原始的哥伦比亚——
是因哥伦布而得名？
因阿如果·威斯玛里卡得名——

① Eric the Red（约 950—约 1003），挪威航海家，他探索与命名了格陵兰岛，并建起了岛上第一个居住点（985 年）。

② Kwakiutl，一支美洲印第安人，居住在不列颠哥伦比亚省海岸地区和温哥华岛北部地区。

阿！——或者——达！
韦拉札诺又是怎么回事？
他航行！——
他韦拉札诺航行而我们
把他的岛屿当作了国家一路深入

一头冲进去——
腐朽的堕落者？
罪人骗子好人全都
沉下去游在水中，喝着海神
的琼浆叫做兹尔·索达——
兹尔·索达特是因克罗达而得名？
克罗达·达·克罗特，你
在这下面不可能找到（上苍啊！）
任何干巴巴的屎蛋——
为什么没有呢？
去撞碎那边阴冷的
岩石用你那可爱的小肉排般的牙齿
再看看——给你，壁炉，
心脏，一缕头发——
给我，给我们，海啊，
靠吞食来消磨了时光
肥厚的嘴唇用亿万年的
沙之技艺滋养了浪涛

除了古老的岁月什么都没有留下
静坐之人在新的早晨的
原始痛苦生发于
未凋之玫瑰
在未生之鸟旁——

你的玫瑰带着水草
沙飘移了你的蜂鸟？
在海中嗡嗡鸣响！
在深处拼命狂奔！
授予王权的奥什，这条宽腿
从岩石美国横跨到岩石
日本，这个不安分的波浪翻滚着
席卷了所有地方，
这个扑隆隆的扑打在你血迹斑斑
又干又臭的门前，这张
银白色的嘴过来咬住你，
这个良心的清洗者
因汝而来——
这里的所有老鼠都感到
一丝欢乐——在
船尾，或者经常，鱼鹰
在它倾斜的欢乐里——
哦！美丽的海洋

我——

湿透了！推翻权威！

又一次你接纳了我！

呼吸我们的碘，弄脏你的饮料，

在湿漉漉的脚边晕倒，放下

你的姿态让它在海里漂移，

漂浮的被水草缠绕的浮肿的阿多尼斯①

渴望汝——雪莱是第三人，

就是这三个——在盐中燃烧

变化却无比缓慢——

我们尝试了亿万年

永恒已然无隙无缝——

一粒沙中便拥有

三千世界的欢乐——

更不用说我——

哦海

啊海啊——啊是啊——

射击——颤抖——混合——

哈 翻滚——嗒啦——嗒嗒——

卷曲盘旋——咔呀嘘——唰——

① “Adonais”，诗人雪莱在 1821 年为哀悼济慈之死而作的一首诗。

珍珠珍珠在黄色的西方
——黄色的天穹直至中国——
我们把这里水与水不断
汇聚的地方称作
太平——太平 太平
太平 平太——咯隆——
咯叨嘘——喀咔——喀呀——
嗒撒——喀嗒——吗哪——
老和尚曾用什么航行?
尚和? 尚和!
摩西曾用什么筏子
航行到涨大的鸽子柱?
是什么拯救了黑色漩涡
从基德的木板那里?
这里是什么爬虫?
看啊! 看看看看看看
看看看看看——咔啦——
把你杵到外面去——

大瑟尔就是他们称呼的这沙子
这些岩石这条小溪?
拉顿峡谷这名字的意思就是

把山狗叶子和老波莫人[1]骨头
还有印第安战斧上的旧尘
倾倒进你这钓鱼者的胃中——
我咸盐之胃将拯救
泰勒们——在下面的房间
编织——
为在乳白色的泥浆里徒步
跋涉的人编织草鞋——
为了结实耐用而
交叉编织——沙坦
在与汝和汝之胶状的呼号
和刺激的战争中
我们就是胜利的代价！
看啊！这里的海叫做
太平洋！
瀑布！

我那金色的虚无的灵魂将
比你的盐层更长久
——从我那胶质的眼睛和
鱼头的烂泥之窗看出去看到你，
淤泥，雪茄含在嘴里，

---

① Pomo，一群土著美洲人，居住在北加利福尼亚海岸山脉中的一个地区。

带着轻蔑——
然而我催促我去看你
——你催促汝去吃
我——看起来美丽
而且憔悴，好了——
啊哈！啊呼！
哥尔 德尔 瓦——
海中愚蠢而沉默的城市
有孩子在叽叽喳喳地
玩纸板，还有八岁大的英格兰人
滑着双板雪橇滑过下面
历史的渣滓——
没有风暴能像内心的风暴那样
寂静而可怕——
巫师的屁股！佛之土
还有佛之海！
目犍连[1]曾用什么航行
他只知道说
却被呼喊者所杀
向着悬崖下面尖叫
“让我们回家！

---

① Maudgalyayana，又作摩诃目犍连，即大目犍连，别名拘律陀，是佛陀的十大弟子之一。古印度摩揭陀国王舍城外拘律陀村人，婆罗门种。

马上！”

——离开边缘粉碎的加州

目犍连被海谋杀——

可海不说——

海也不谋杀——

研究大海的学者

应该知道这个

否则

就回到学校去

听到那边海洋的发动机声吗？

感觉到它轰隆隆地飞溅吗？

这里有六只愚蠢的百足怪物，心肝啊——

啊 啦嗒嗒嗒嗒嗒——

机关枪一样的海，把你的

睾丸有节奏地倾倒进来

连同柔滑的野蔷薇

倒进你血脉绵延的待哺小崽

的生命里——

干树枝沼泽地没错啊呼呼——

抢啊——夺啊——

王君——君王——

咔啦唰 嗫哇嘘——

嗒吗哪——嘎哇——

哇——哇呜呜啦——唯呀
我的——我的——
海
哗——

再见，瑟尔——

你曾对他说过
水和水的相遇——？
哦回到水獭那里——
终结——终结——结终
结终——终终——哎呀——呀哎——
赚钱——赚啥——咯咯咯——
咔咔咔——去吧海需要肉食
到深处我看见你
伊诺克
很快阿那夫
在古老的布列塔尼

一九六〇年八月二十一日
大瑟尔的太平洋边
加利福尼亚

图书在版编目(CIP)数据

大瑟尔 / (美) 凯鲁亚克 (Kerouac, J.) 著; 刘春芳译.
—上海: 上海译文出版社, 2015.7
(凯鲁亚克作品系列)
书名原文: Big Sur
ISBN 978-7-5327-6832-5

Ⅰ. ①大… Ⅱ. ①凯… ②刘… Ⅲ. ①自传体小说—
美国—现代 Ⅳ. ①I712.45

中国版本图书馆 CIP 数据核字(2014)第 271792 号

本书由上海文化发展基金会项目资助出版

Jack Kerouac
Big Sur
Copyright © Jack Kerouac, 1962
Simplified Chinese edition © 2014 by Shanghai Translation Publishing House
All rights reserved, including the right of reproduction in whole or in part in any form.

图字: 09-2007-511 号

大瑟尔
Big Sur

Jack Kerouac
杰克·凯鲁亚克 著
刘春芳 译

出版统筹 赵武平
责任编辑 陈 姝 付 垚 吴 炎
装帧设计 人马艺术设计·储 平

上海世纪出版股份有限公司
译文出版社出版
网址: www.yiwen.com.cn
上海世纪出版股份有限公司发行中心发行
200001 上海市福建中路 193 号 www.ewen.co
上海颛辉印刷厂印刷

开本 890×1240 1/32 印张 7.75 插页 2 字数 126,000
2015 年 7 月第 1 版 2015 年 7 月第 1 次印刷

ISBN 978-7-5327-6832-5/I·4132
定价: 45.00 元

本书版权为本社独家所有,未经本社同意不得转载、摘编或复制
本书如有质量问题,请与承印厂质量科联系,T: 021-5702918